중학 생활 날개 달기 ❸
절대로 예쁠 리가 없잖아!

중학 생활 날개 달기 ❸

절대로 예쁠 리가 없잖아!

초판 1쇄 발행 2021년 5월 17일
개정판 1쇄 발행 2024년 9월 23일

지은이 이명랑
그림 뻑새(김수현)
펴낸이 이범상
펴낸곳 (주)비전비엔피 · 애플북스

기획편집 차재호 김승희 김혜경 한윤지 박성아 신은정
디자인 김혜림 이민선
마케팅 이성호 이병준 문세희
전자책 김성화 김희정 안상희 김낙기
관리 이다정

주소 우) 04034 서울특별시 마포구 잔다리로7길 12 (서교동)
전화 02) 338-2411 | 팩스 02) 338-2413
홈페이지 www.visionbp.co.kr
인스타그램 www.instagram.com/visioncorea
포스트 post.naver.com/visioncorea
이메일 visioncorea@naver.com
원고투고 editor@visionbp.co.kr

등록번호 제313-2007-000012호

ISBN 979-11-92641-44-7 04810

- 값은 뒤표지에 있습니다.
- 잘못된 책은 구입하신 서점에서 바꿔드립니다.

중학 생활 날개달기 ❸

이명랑
청소년 소설

절대로 예쁠 리가 없잖아!

"우리 반 최고 미녀는?"

"1등은 미애?!"

애플북스

머리말

《절대로 예쁠 리가 없잖아!》 개정판을 출간하며

《절대로 예쁠 리가 없잖아!》는 2021년도에 〈중학 생활 날개 달기〉 시리즈의 제3권으로 출간됐습니다. '외모'를 주제로 다루는 이 책의 다른 제목은 아마도 "너의 매력은 뭐니?"라고 말할 수 있을 것 같아요. 왜냐하면 이 책을 통해 외모로 고민하는 친구들에게 '너만의 매력을 찾아 보라'고 말하고 싶었거든요.

"사람은 각자의 매력이 있다. 외모에 사로잡혀 자신을 비난하기보다는 나의 장점, 매력을 찾아보는 건 어떨까?"

"청소년들이 외모로 자존감을 잃지 않도록 용기를 주는 가독성이 좋은 책이다."

"이 책을 통해 자신을 타인과 비교, 평가하며 얽매이지 않아도 된다는 것을 알게 됐다. 매력은 다양하고, 정해진 답은 없다."

"주변 어른들의 생각과는 달리 정작 난 중학교에 들어가면 가장 하고 싶은 건 연애인데…… 하는 속마음을 말할 곳이 없다면 이 책을 추천한다."

"외모로만 상대방을 평가하거나 외모 때문에 자신감을 잃는 것은 바람직하지 않으며, 자기만의 매력을 찾는 게 더 중요하다는 것을 깨닫는다."

《절대로 예쁠 리가 없잖아!》를 사랑해준 독자들은 이 책의 주인공들이 반 친구들과 함께 연극 오디션을 준비하면서 외모에 관한 잘못된 생각을 바로잡아가는 모습을 보며 '외모'에 대해 다시 생각하게 되었다고 해요. '외모'에 집착하며 '나는 왜 이렇게 못생겼어,' '나 따위가 예쁠 리가 없잖아'라는 부정적인 생각으로 스스로를 갉아먹는 대신 이제는 자신만의 '매력'을 찾아야겠다고 말이죠.

나에게도 그런 시절이 있었어요. 왜 나는 이렇게 못생겼지? 왜 난 쌍꺼풀이 없는 거야? 아침에 눈을 뜨면 퉁퉁 부은, 쌍꺼풀 없는 눈 때문에 정말 화가 났어요. 내 못생긴 얼굴이 싫었죠. 그런데 어느 날 학교에서 웅변대회가 열렸어요. 전교생 앞에서 웅변을 했어요. 교내 웅변대회에서 1등을 하고, 학교 대표로 큰 웅변대회에 나가게 되었죠. 내가 웅변을 하는 동안에는 모두 내가 전하는 이야기에 귀를 기울였죠. 내 쌍꺼풀 없는 눈에 주목하는 사람은 단 한 사람도 없었답니다. 또 어느 날 부터인가 나는 연습장에 글을 쓰고 만화를 그려 아이들에게 보여주기 시작했어요. 아이들은 재미있다면서 그 다음 이야기를 빨리 들려달라고 했죠. 그렇게 내가 '가장 잘 할 수 있는 일'들을 하기 시작하자 내 얼굴엔 늘 웃음이 따라다니게 됐답니다. 그러다 보니, 친구들은 늘 내게 말했어요. "이명랑, 넌 정말 네 이름이랑 똑같구나." 라고 말이죠. 그렇게 나의 가장 큰 매력은 '명랑함'이 되었어요.

우리 친구들도 이제는 거울 앞에서 긴 시간을 보내기보다는 자신만의 매력을 찾아 나 자신을 들여다보러 가는 건 어떨까요?

〈중학 생활 날개 달기〉 시리즈가 처음 세상에 나온 지 벌써 4년이 되었네요. 4년 전 이제 막 중학생이 되면서 이 책을 읽었을 친구들은 이제는 고등학생이 되어 있을 거예요. 처음 중학교에 입학했을 때의 그 두려움과 막막함을 설레임과 익숙함으로 바꾸며 미래로 나아갔을 테지요. 한껏 성장해나갔을 우리 친구들처럼 저도 〈중학 생활 날개 달기〉 시리즈의 주인공들과 함께 성장할 수 있었습니다.

그래도 여전히, 앞으로도 저는 계속해서 우리 청소년 친구들과 함께 성장하고 싶어요. 우리가 함께 소통할 수 있는 이야기, 함께 성장할 수 있는 이야기를 계속 쓸게요. 더 유익하고 더 재미있고 더 신나는 이야기로 우리 청소년 친구들을 찾아갈 수 있도록 저는 오늘도 행복하게 기쁘게 글을 쓰겠습니다.

2024년, 이명랑

프롤로그

중학생이 되어
외모로 고민하는 친구들에게

안녕하세요! 소설가 이명랑입니다.

중학생이 된 뒤로 외모에 부쩍 신경 쓰는 친구들이 많아지는 것 같습니다. 초등학교 때는 외모에 아무 관심이 없던 친구들도 중학생이 되면 얼굴 생김새나 몸무게, 키뿐만 아니라 옷이나 신발의 브랜드에까지 신경을 쓰게 되죠.

왜 그럴까요?

궁금한 건 절대로 못 참는 사람, 그게 바로 저랍니다. 그래서 중학생 친구들을 만나기 시작했죠. 솔직히 깜짝 놀랐어요. 친구들을 만나기 전에는 여학생들이 외모에 훨씬 관심이 많고, 외모 때문에 상처받는 일도 더 많을 거라고 생각했어요. 그런데 제 생각과는 달리 남학생들도 외모 때문에 고민을 많이 했어요.

"제가 초등학교 때 좋아하는 여자애가 있었어요. 그런데 화장실에 다녀오다가 그 여자애가 다른 여자애들한테 '○○같은 사람 누가 사귀냐?'라고 하는 말을 들었습니다. 그때부터 살 빼려고 계속 다이어트 해요."

남학생 A는 중학생이 된 뒤로 지금까지 계속 다이어트를 하고 있었어요.

어떤 친구는 놀림 받기 싫어서, 어떤 친구는 인정받고 싶어서, 어떤 친구는 낮은 자존감 때문에…… 저마다 다른 이유로 외모에 신경쓰고 있었습니다.

혹시 우리 친구들도 그렇지 않은가요?

오랜 시간 청소년 소설을 쓰면서 많은 청소년을 만났습니다. 학교에서, 도서관에서, 거리에서, 수많은 청소년과 만나 대화를 나누고 함께 웃고 떠들고 울었습니다. 그러다 어느 날부터인가 '초등학교 생활과 중학교 생활의 가장 큰 차이가 뭘까?'라는 주제로 설문을 하게 됐죠. 많은 아이들이 낯선 학교, 낯선 친구들, 낯선 교실 환경, 매시간 선생님이 달라지는 것에 대해 큰 부담감을 가지고 있었어요. 그런데 예비 중학생을 위한 책은 대부분 국, 영, 수 등 교과 성적이나 선행학습의 길잡이가 되는 것들뿐이지 중학교 실생활에 도움을 줄 수 있는 책은 찾아보기 힘들었어요.

이제 막 중학교에 올라가는 친구들이나 이미 중학교 생활을 하고 있는 친구들 혹은 중학생이 된 자녀를 조금 더 잘 이해하고 도와주고 싶은 부모들을 위해 내가 할 수 있는 일은 없을까? 우리와 같은 고민을 하는 이들에게 나와 내 자녀의 경험을 나눠줄 수는 없을까?

그렇게 시작된 물음표에서부터 〈중학 생활 날개 달기〉 시리즈는 시작되었답니다. 〈중학 생활 날개 달기〉 시리즈에서는 주인공인 현정이와 태양이가 중학생이 되어 낯선 중학교 생활을 해나가면서 친구를 사귀고, 수행평가를 비롯해 중간고사와 기말고사와 같은 시험을 치러내고, 꿈을 찾고, 첫사랑을 통해 '나다운 나'를 깨닫고, 혼자가 아닌 '우리가 함께 하는 삶'에 이르기까지의 과정을 그려냈습니다. 현정이와 태양이의 일 년간 중학 생활 고군분투기 속에 지금까지 제가 만났던 청소년 친구들의 불만과 고민, 소망들을 고스란히 전할 수 있기를 바라며 저 역시 소설 속에 '이명랑'이라는 인물로 등장하여 함께 웃고 울었습니다.

〈중학 생활 날개 달기〉 시리즈의 3권인《절대로 예쁠 리가 없잖아!》에서는 우리 친구들의 외모에 대한 고민을 담았습니다. 이 시리즈를 기획하면서 제가 만난 친구들 중에는 깜짝 놀랄 만큼 예쁜 친구들조차도 '난 왜 이렇게 못생겼을까!'라고 고민하는 친구들이 많았어요. 예쁘다는 말을 들어도 '절대로 예쁠 리가 없잖아!'라며 외모 때문에 속상해했죠.

3권에서는 현정이가 친구들과 함께 연극의 여자주인공을 뽑는 오디션을 준비하게 됩니다. 그 과정에서 외모에 대한 잘못된 생각들을 바로잡게 되죠.

과연 현정이와 친구들은 어떻게 자신만의 매력을 발견하게 되는 걸까요?

혹시 지금 우리 친구도 거울을 들여다보며 "절대로 예쁠 리가 없잖아!" 속상해하고 있다면, 현정이와 친구들을 만나보세요. 더이상 거울을 들여다보며 속상해하는 일은 없을 테니까요.

2021년 봄
작가가 된 이명랑이
중학생이 되어 외모로 고민하는 친구들에게

차례

제1장 갑자기 웬 연극?

야호! 드디어 여름방학이다! 물론 내일 당장은 아니고 앞으로 보름 뒤의 이야기지만 말이다. 벌써 여름방학이 얼마 남지 않았다니, 신기하다. 중학교에 올라오기 전만 해도 과연 내가 잘 지낼 수 있을까, 걱정이 많았다. 친한 친구도 없는데 급식은 누구랑 먹지? 공부도 너무 어려워서 못 따라가는 거 아니야? 걱정과 불안 속에서 중학교 생활을 시작했다. 그런데 벌써 여름방학이라니? 무사히 한 학기를 마친 것 같아 뿌듯하다.

그래! 지금까지 열심히 달려왔으니까 이제부터 여름

방학이 될 때까지는 신나게 노는 거야! 보고 싶었던 만화책도 실컷 보고 친구들이랑 화장품도 사러 다닐 거다. 지난 일요일엔 이제부터 볼 애니메이션까지 잔뜩 다운로드 받아 놨다. 공부 걱정은 잠시 뒤로 미루고 신나게 놀기만 하면 된다.

그런데 이게 웬 일? 담임 선생님이 갑자기 폭탄선언을 했다. 그것도 내가 당분간 신나게 놀아보자는 결심을 하자마자 말이다.

"사랑하는 나의 제자들! 우리 1학년 1반! 모두 알고 있겠지만, 우리 나무중학교는 여름 방학 후에 곧바로 축제를 하잖니? 우리 나무중학교의 축제, 그 이름도 유명한 뿌리제! 그렇다! 유서 깊은 뿌리제에서 우리 1학년 1반은 연극을 하기로 했다!"

담임 선생님은 이글이글 불타는 눈으로 우리를 쳐다봤다. 뒤이어 더 놀라운 폭탄선언이 이어졌다.

"한 사람도 빠짐없이 모두 참여한다. 자, 그럼 명랑이! 대본은 준비됐지?"

나를 포함한 1학년 1반 아이들 모두 어리둥절해 하고 있는데 명랑이가 벌떡 일어섰다. 명랑이는 기다렸다는 듯이 두 손 가득 프린트물을 들고 담임 선생님 옆에 가서 섰다.

"오호, 오호! 이게 그 대본이란 말이지? 명랑아! 명랑아! 이 선생님은 명랑이 네가 해낼 줄 알았다!"

담임 선생님은 두 눈을 빛내며 명랑이가 들고 나온 대본을 받아들었다. 뒤이어 대본의 첫 줄을 소리 내어 읽기 시작했다.

"〈물의 요정 온딘〉! 세상에! 명랑이 네가 물의 요정 온딘을 알고 있었다고? 이 선생님이 또 대학교 때 연극부 아니었겠냐. 대학 신입생, 열정으로 불타던 그 시절! 연극부에 들어가 비록 배우는 못 하고 스태프로 참여했지만, 만약 내가 연극을 연출해 무대에 올린다면 반드시 물의 요정 온딘의 이야기를 선보이리라고 굳게 마음먹었었지! 그리스 로마 신화에 나오는 물의 요정 온딘의 이야기라니! 내가, 이 내가 드디어 물의 요정 온딘의 이야기를 연극 무대에 올리게 되다니!"

담임 선생님은 너무 감격한 나머지 온 몸을 부르르 떨며 몇 번이고 대본을 내려다 봤다. 그러다 갑자기 오른손을 번쩍 들어 올렸다.

"이 시간 이후로 우리는 모두 물의 요정 온딘이닷!"

또 한번의 폭탄선언과 함께 담임 선생님은 대본을 나눠주기 시작했다. "명랑아! 고맙다! 장하다!"를 되풀이하면서 말이다.

"물의 요정 온딘……."

나는 앞에 놓인 연극 대본의 첫 줄을 가만히 읽어 보았다. 우리가 연극을 하다니. 어쩌면 내가 연극 무대에 오를 지도 모른다니.

갑작스런 축제 준비도, 명랑이가 써 온 두꺼운 대본도 도무지 실감이 나지 않았다.

연극 대본을 앞에 놓고도 여전히 어리둥절해하는 나와 달리, 반 아이들은 한껏 흥분해서 벌써부터 왁자지껄 시끌벅적 여주인공과 남주인공에 대해 떠들어댔다.

"여주인공이랑 남주인공은 무조건 예쁘고 잘생긴 애가 해야지!"

"우리 반에서 제일 잘생긴 남자애는 영웅이 아니야?"

"키 크다고 다 잘 생긴 거냐? 키는 작아도 얼굴은 현상이가 제일 잘생겼지!"

"무슨 소리야, 얼굴은 이태양이 낫지!"

"여주인공은 미애가 하는 거지?"

"예쁘긴 미애가 제일 예쁘지."

"꾸미지 않아서 그렇지 현정이도 예쁜 편 아니야?"

남자애들은 누가 듣거나 말거나 우리 반에서 누가 제일 잘생겼는지, 누가 제일 예쁜지 마구마구 떠들어댔다. 갑자기 내 이름이 나왔을 때는 정말이지 너무 놀라서 하마터면 악, 소리를 내지를 뻔했다.

미애야 누가 봐도 예쁘고 날씬하니까 당연하다지만 갑자기 나는 왜? 왜 여기서 내 이름이 나오는 거야? 하필이면 우리 반에서 제일 예쁜 미애 이름 바로 다음에 내 이름이 나오다니! 비교할 걸 비교해야지…….

나는 빨개진 얼굴을 들키지 않으려고 고개를 푹 숙인 채 몰래 미애를 곁눈질했다. 미애는 남자애들이 하는 소리엔 신경도 쓰지 않는지 왼손으로 턱을 괴고 심드렁하게 칠판만 쳐다보고 있었다. 남자애들 사이에서 자신이 '우리 반에서 제일 예쁜 여자아이'로 뽑혔다는 사실 같은 건 너무 뻔하고도 당연한 일이라 아무 느낌이 없는 듯했다. 미애는 역시…… 타고난 미녀였다.

"조용, 조용! 다들 조용! 아까도 말했듯이 우리 1학년 1반은 한 사람도 빠짐없이 연극에 참여한다. 다들 오늘 종례시간까지 명랑이가 나눠준 대본을 읽도록! 배우만 연극에 참여하는 건 아니다. 스태프를 해도 좋으니 마음에 드는 역할이 있으면 지원해라! 단, 여주인공과 남주인공에 지원자가 많으면 투표로 정하겠다! 이상 조회 끝!"

담임 선생님은 뜨거운 폭탄 하나를 던져 놓고 빠르게 교실을 빠져나갔다.

제2장 비밀 투표

사회 선생님이 교실로 들어오고 1교시 수업이 시작됐지만 이상한 열기를 품은 웅성거림이 교실 안을 떠다녔다.

뭐야? 교실 분위기 왜 이래?

살며시 주위를 둘러봤다. 사회 선생님이 칠판에 필기를 하려고 등을 돌린 사이에 남자애들이 쪽지를 전달하고 있었다. 남자애들은 히죽히죽 싱글거리며 서로 야릇한 눈빛을 주고 받았다.

대체 무슨 쪽지일까?

궁금했다. 나는 목을 길게 빼고 어떻게든 쪽지의 내용

을 보려고 애썼다. 쉽지 않았다. 여자애들한테는 절대로 보여 주지 말자고 약속이라도 했는지 남자애들끼리만 쪽지를 돌렸다.

애네들 뭐야? 무슨 내용인데 저래?

나는 입을 삐죽거리며 남자애들을 째려보다가 칠판으로 눈을 돌렸다. 그 순간, 내 옆에 앉은 이태양 앞으로 쪽지가 떨어졌다. 마치 바람에 날린 나뭇잎 한 장이 슬며시 내려앉듯 이태양의 사회책 위로 쪽지 한 장이 떨어졌다.

1학년 1반 최고 미녀는?
1위부터 3위까지 차례로 써서
종례 전까지 반장에게 제출하시오!

미쳤다!

쪽지 내용을 보고 깜짝 놀라 이태양을 째려봤다. 이태

양은 내 눈길을 피하며 왼팔로 얼른 쪽지를 가렸다. 내가 계속해서 째려보는데도 이태양은 쪽지를 가리느라 잔뜩 움츠린 몸을 펴지 않았다.

뭐야, 남자애들? 자기들끼리 우리 반 여자애들 미모 순위를 매기고 있는 거야? 지들이 뭔데 우리한테 순위를 매겨?

너무 화가 났다. 남자애들이 여자애들 몰래 쪽지를 주고 받으며 우리 반 여자애들 중에 누가 제일 예쁘고, 누가 두 번째, 세 번째로 예쁜지 줄 세우고 있다 생각하니, 나도 모르게 불끈 두 주먹에 힘이 들어갔다. 당장이라도 소리치고 싶었다.

야, 남자애들! 지금 뭐 하는 거야!

그러나 나의 외침은 입안에서만 맴돌 뿐이었다. 용기 내서 소리치지는 못했지만, 대신 나는 분노를 잔뜩 실어 이태양의 등짝을 째려본 뒤 남자애들을 아주아주 사나운 눈빛으로 흘겨봤다.

남자애들은 내가 째려보는 줄도 몰랐다. 그저 자기네

들끼리 시선을 주고 받으며 킥킥거릴 뿐이었다. 어떤 애들은 책상 밑으로 엄지를 추켜올리고 있었다. 보나마나 뻔했다. '너도 미애가 제일 예쁘다고 생각하냐? 나도 그래!' 뭐 그런 얘기일 거다.

진짜, 진짜, 남자애들 뭐야! 너무너무 싫어!

남자애들 따위 신경쓰지 말자고 생각하며 칠판으로 눈을 돌렸다. 그런데 집중이 되지 않았다. 신경쓰지 말아야겠다고 생각하면 할수록 사회 선생님이 칠판에 적어 놓은 내용은 저멀리 어딘가로 달아나 버리고 그 대신 쪽지 내용이 자꾸자꾸 내 머릿속 한가운데로 달려왔다.

생각하지 말아야지 하면서도 남자애들은 우리 반에서 누구를 두 번째로, 세 번째로 예쁘다고 뽑았을지 너무 너무 궁금해졌다. 1위야 당연히 미애겠지만 2위나 3위로 뽑힌 여자애는 누구일까? 혹시 나도 3위 안에 들까? 이태양은 누구를 1위로 뽑았을까?

뭐야? 지금 내가 무슨 생각을 하는 거야? 방금 전까지만 해도 남자애들이 여자애들 미모 순위를 매기고 있다는 사실에 기분 나빠하지 않았어? 그런데 순위를 궁금해 하는 건 또 뭐야? 그깟 게 왜 궁금한데?

내가 생각해도 어이가 없었다. 여자애들 미모 순위를 매기는 짓은 정말 옳지 못한 일이라고 생각하면서도 남 자애들이 누구를 제일 예쁘다고 생각하는지, 3위 안에 들어간 여자애들은 누구누구인지 점점 더 궁금해져만 갔다.

정신 차려, 윤현정!

나는 내 뺨을 찰싹찰싹 몇 번이나 두드리며 수업에 집 중하려고 애썼다.

*

어느새 1교시가 끝나 버렸다. 사회 선생님이 뭐라고 했는지, 뭘 배웠는지 수업 내용이 하나도 기억나지 않았 다. 그런데도 나는 쉬는 시간 종이 치자마자 얼른 이태양 의 팔을 잡아챘다.

"이태양! 너도 쪽지 받았지? 누구라고 썼어? 엉? 빨리 보여 줘 봐!"

이태양이 과연 누구를 1위로 뽑았는지, 2위, 3위는 누구인지가 공부보다 훨씬 더 중요하게 느껴졌다.

"뭐래? 내가 너한테 그걸 왜 보여 주냐?"

이태양은 내 팔을 뿌리치고는 잽싸게 교실 뒤쪽으로 달아나 버렸다. 내가 쫓아오기라도 할까 봐 남자애들 무리에 섞여서는 내 쪽은 일부러 쳐다보지도 않았다.

"현정아! 빨리 와 봐. 미애가 한정판 립글로즈 가져왔어! 베이비크러쉬가 선전하는 그거!"

봉화가 미애 옆에 서서 나를 불러댔다. 벌써 여자애들 여러 명이 미애를 에워싸고 있었다. 나는 남자애들이랑 교실 뒤쪽에 우르르 몰려 서 있는 이태양을 한번 째려보고는 얼른 미애 자리로 달려갔다.

"우와! 이거 진짜 한정판이네? 인터넷에서도 못 사는 걸 대체 어떻게 산 거야?"

"베이비크러쉬 멤버들 이거 바르니까 진짜 예쁘더라."

"미애야! 한번 발라 봐도 돼?"

"나도, 나도!"

여자애들은 미애의 립글로즈를 한 번씩 발라 보겠다고 난리였다. 강아지처럼 두 눈을 반짝반짝 빛내며 미애의 허락을 기다리고 있었다. 미애는 마치 웹툰에 나오는 아름다운 황후 같았다. 미애는 황후처럼 자신만만하게 고개를 잔뜩 곧추세운 채 자신을 둘러싼 여자애들을 둘러보며 빙그레 미소지었다.

과연 미애가 허락할까? 그냥 립글로즈도 아니고 인터넷에서도 구하기 힘든 저 한정판 립글로즈를?

나는 호기심 반 걱정 반으로 미애의 표정을 살폈다.

미애의 입술이 살며시 벌어졌다.

"좋아!"

미애의 한마디에 여자애들의 입에서 환호성이 터져 나왔다.

"우와!"

"내가 먼저야!"

"야, 조금만 발라!"

"나도 한번 발라 보자!"

"내가 너보다 먼저 왔거든?"

그야말로 쟁탈전이 시작됐다. 서로 먼저 발라 보겠다고 난리였다. 교실 뒤쪽에 우르르 서 있던 남자애들이 우리 쪽을 쳐다봤다. '여자애들 대체 왜 저러냐? 겨우 립글로즈 하나 때문에 저 난리야?'라는 말을 눈빛으로 해대며 혀를 차고 있었다.

그래도 여자애들 미모 순위나 매기는 너희들보다는 우리가 낫다, 뭐!

나는 한심한 눈으로 우리를 보는 남자애들을 향해 메롱 하고 혀를 내밀어 보였다. 그러고는 서둘러 립글로즈로 손을 뻗었다. 더 늦었다가는 한 번 발라 보지도 못하고 쉬는 시간이 끝나 버릴 것만 같아 불안했다.

"그런데 미애 넌 이걸 도대체 어떻게 구한 거야?"

봉화가 너무 심하다 싶을 정도로 진하게 립글로즈를 바르고 미애에게 물었다. 다음 순서로 립글로즈를 바르며 나도 미애를 쳐다봤다.

"혹시 너희 동네 아이러브영에서 샀어? 우리 동네 아이러브영에는 아직 안 들어왔던데?"

"빨리 말해 봐. 진짜 어디서 산 거야?"

"궁금해?"

미애가 호호호 웃으며 왼손으로 턱을 받쳤다. 순간 머리카락이 살짝 아래로 흘러내리며 미애의 얼굴을 반쯤 가렸는데, 그 모습이 철렁, 심장이 내려앉을 만큼 예뻤다.

이런 걸 바로 '심쿵'이라고 하는 건가? 여자인 내 눈에도 이렇게 예뻐 보이는데 남자애들 눈에는 얼마나 예뻐 보일까?

이런 생각을 하는 사이에 미애 입에서 나로서는 정말 상상도 못할 말이 튀어나왔다.

"협찬받았어."

미애의 말에 교실은 다시 흥분에 휩싸였다.

"뭐? 협찬!"

"세상에! 오 마이 갓! 진짜 이 립글로즈 회사에서 너한테 협찬을 했다고?"

"말도 안 돼!"

"그, 그, 그러니까 미애 너도 셀럽[1]이라는 거야?"

여자애들의 눈이 휘둥그래졌다.

똑같은 교실에서 똑같은 교복을 입고 같이 생활하는 반 친구가 유명 화장품 회사에서 협찬을 받을 정도로 유명했다니!

깜짝 놀라기는 나도 마찬가지였다.

"내가 SNS를 좀 하잖아. 날마다는 아니고 가끔 사진 좀 올리는데……"

미애가 흘러내린 앞머리를 뒤로 쓸어넘기며 방긋 웃었다. 순간 또 다시 으레 그 느낌, '심쿵'이라 말해도 좋을 떨림이 가슴을 훑고 지나갔다.

예쁘다……!

대체 뭐냐구!

<hr>

1 (연예나 스포츠 분야 등에서 인지도가 높은 유명 인사)

미애 넌, 머리 쓸어넘기는 평범한 동작도 왜 화보처럼 보이는 거니?

내가 미애의 웃는 얼굴을 홀린 듯 쳐다보고 있는 동안에도 마치 다른 세상을 사는 듯한 미애의 이야기는 계속해서 이어졌다.

"내 계정에 들어와서 '좋아요' 남기는 팔로워들이 꽤 많아졌더라구."

미애가 말을 마칠 때마다 여기저기서 물음표가 튀어나왔다.

"팔로워 수가 얼마나 되는데?"

"이 립글로즈 협찬해 준 회사에서도 미애 네 계정을 보고 있었던 거야?"

"대체 팔로워가 몇이나 되는데?"

여자애들이 두 눈을 반짝이며 미애의 대답을 기다렸다.

"그렇게 많지는 않고 한 십만 정도 되려나⋯⋯."

미애는 '점심으로 떡볶이 먹었어'라고 말할 때처럼 별일 아니라는 듯 이야기 했다. 미애의 입에서 십만이라는 단어가 튀어나오자마자 교실은 환호성으로 가득찼다.

"미쳤다!"

"와우!"

"십만?"

나도 미애가 예쁘다고 생각하긴 했지만 세상에, 이렇게 유명할 정도로 예쁜 아이였다니!

놀라서 입이 다물어지지 않았다. 미애를 다시 쳐다봤다.

잡티 하나 없이 맑은 피부, 계란형 얼굴에 반듯한 이마, 아래로 시원스럽게 쭉 뻗은 코, 반짝반짝 빛이 나는 눈동자를 장식하듯 감싼 쌍꺼풀에 도톰한 아랫입술, 게다가 평범한 우리와 다르게 온몸에서 풍기는 신비롭고 미애를 감싸는 성숙한 분위기까지!

눈을 크게 뜨고 다시 쳐다봐도 미애는 역시 예뻤다.

'1학년 1반 최고 미녀는?'

남자애들이 비밀 투표 용지에 누구를 1위로 적었을지 안 봐도 뻔했다. 미애는 누가 뭐래도 1학년 1반 최고 미녀이다. 우리 반, 아니 우리 나무중학교 학생 전체를 놓고 봐도 유명 화장품 회사에서 협찬을 받을 만큼 예쁜 아이와 미모를 다툴 만한 아이가 있을까? 1위로 뽑힌 미애 다음으로 2위와 3위에 누가 뽑히든지 다들 시큰둥할 게 뻔하다. 어차피 1위로 뽑힌 미애와 비교도 안 될 테니까. 아니, 미애와 비교를 한다는 사실이 이상하고 어색할 만큼 미모 차이가 날 게 분명하다.

"2교시 종 쳤다!"

"거기 너희들, 수학 선생님 들어오신다고!"

남자애들의 외침에 퍼뜩 정신을 차렸다.

서둘러 자리로 돌아와서 손거울을 들여다봤다.

휴우…….

혹시 2위나 3위에 내 이름도 있지 않을까, 생각했던 나 자신이 한심했다. 자꾸 한숨이 나왔다.

2, 3, 4교시와 쉬는 시간 내내, 그리고 급식을 먹고 돌아와 점심시간이 끝나갈 때까지도 나는 몇 번이고 손거울을 꺼내 얼굴을 들여다봤다.

평범해도 너무 평범한 여중생이 거울 속에서 입을 잔

뜩 내밀고 있었다.

모공은 왜 이렇게 넓은 거야?

코는 왜 또 이렇게 낮아?

콧구멍은 왜 이렇게 넓은 거냐구!

쌍꺼풀이라도 진하면 얼마나 좋아!

게다가 이 앞니! 내 앞니는 대체 왜 이렇게 큰 거야? 내가 토끼야 뭐야?

대체 난 왜 이렇게 생긴 걸까?

예쁜 구석이라고는 한 군데도 찾아볼 수가 없잖아!

손거울을 들여다보며 한숨을 쉬는데, 조회 시간부터 책상 위에 놓여 있던 연극 대본이 나를 빤히 올려다 봤다. 연극 대본 첫 장에 인쇄된 〈물의 요정 온딘〉이라는 제목이 나를 뚫어지게 쳐다보며 이렇게 묻는 듯했다.

'1학년 1반 반 여자애들 중에 과연 이 연극의 여주인공을 하겠다고 나서는 애가 있기나 할까? 미애가 있는데?'

제3장 물의 요정 온딘

"〈물의 요정 온딘〉. 등장인물. 여주인공 물의 요정 온딘, 남주인공 젊은 기사 로렌스, 호숫가의 늙은 노부부……."

나는 대본을 처음부터 읽어 내려가기 시작했다.

온딘은 물의 요정으로 매우 아름다웠다. 요정이므로 영원히 늙지도 죽지도 않는 불사의 존재였다. 그러나 인간과 사랑에 빠져 인간의 아이를 낳으면 불사의 몸도, 아름다움도 잃어버리게 되는 운명을 갖고 있었다.

온딘은 원래 요정들의 세계에서 다른 요정들과 함께 살고 있었다. 그런데 요정들은 언제인가부터 영혼을 가진 인간을 부러워하게 되었고, 인간의 영혼을 얻기 위해 온딘을 인간 세계로 보낼 계략을 짠다. 요정들은 호숫가에 사는 노부부의 딸을 유괴한 뒤, 어린 온딘을 대신 그들의 집에 데려다 놓았다. 노부부는 어린 온딘을 딸처럼 정성스럽게 키운다.

시간이 흘러 아름다운 아가씨로 자란 온딘은 어느 날 길을 잃고 헤매는 젊은 기사를 만난다. 운명처럼 나타난 젊은 기사의 이름은 로렌스.

인간과 사랑에 빠져 인간의 아이를 낳게 되면 불사의 몸도, 아름다움도 잃어버리리라!

잔혹한 예언을 뻔히 알면서도 온딘은 인간인 로렌스를 사랑하게 되고 말았다. 로렌스는 온딘이 첫눈에 반할 만큼 아름다운 사내였으니까.

숲으로 모험을 떠났다 길을 잃은 로렌스는 온딘의 집에 잠시 머무른다. 그런데 갑자기 홍수가 나서 길이 물에 잠기자 로렌스는 온딘의 집에 계속 머물 수밖에 없게 된다.

로렌스의 아름다움에 한눈에 반한 온딘.

온딘의 아름다움에 흠뻑 빠진 로렌스.

서로의 아름다움에 매료된 두 남녀가 한집에서 지내며 둘의 사랑은 빠르게 타올랐다.

"당신과 영원히 함께하겠어요!"

온딘은 젊은 기사 로렌스에게 사랑을 맹세했다.

"아름다운 온딘이여! 내 생명이 붙어 있는 한 나는 당신과 매일 함께 눈을 뜨고 함께 숨을 쉬겠습니다. 내 영혼이 끝나는 날까지 내 사랑을 온딘, 그대에게 바치겠습니다."

로렌스 역시 온딘에게 영원한 사랑을 맹세했다.

사랑의 맹세 후에 온딘은 로렌스의 아내가 되었다. 아름다운 불사의 삶을 사랑과 맞바꾼 것이다. 온딘은 인간인 로렌스와 뜨겁게 사랑했고 그의 아이를 낳았다.

그러나 첫 아이를 낳자마자 잔혹한 운명이 곧장 온딘을 찾아왔다. 예언대로 온딘은 늙어 가기 시작했다. 아름다웠던 온딘의 얼굴에 주름이 자리잡기 시작했다. 생기로 가득했던 온딘의 몸에서 젊음이 빠져나가고, 젊음을 대신해 세월의 흔적이 자리잡았다.

'아름다운 온딘이여! 내 영혼이 끝나는 날까지 내 사랑을 그대에게 바치겠습니다!'

온딘에게 영원한 사랑의 맹세를 바쳤던 로렌스는 온딘이 아름다움을 잃고 늙어 가자 처음의 맹세를 잊고 딴마음을 품기 시작한다.

그러던 어느 날, 마침내 로렌스는 다른 여자와 사랑에 빠지고 만다.

"맹세를 저버린 자여! 영원한 사랑의 맹세를 내던져버린 자여! 생명이 붙어 있는 한, 매일 함께 눈을 뜨고 함께 숨을 쉬겠다던 사랑의 맹세는 어디로 갔는가? 오, 영원한 사랑의 맹세를 저버린 자여! 그대, 이제 다시는 나와 함께 아침을 맞이하지 못 하리라! 그대, 매일 밤 잠이 들면 숨쉬는 것을 잊으리라!"

사랑을 위해 불사의 삶과 아름다움도 버렸던 온딘은

이제 사랑을 잃고 사랑했던 이에게 저주를 내린다. 매일 잠들 때마다 숨을 쉴 수 없게 되는 끔찍한 저주를.

그러나 온딘은 차마 로렌스에 대한 미련을 버릴 수는 없었다. 자신이 내린 저주로 죽을 운명에 처한 로렌스를 구할 수 없게 되자, 온딘은 로렌스의 결혼식에 찾아가 마지막 입맞춤으로 로렌스의 목숨을 거둬들인다. 그리고 자신 또한 로렌스의 무덤을 감싸며 흐르는 시냇물로 변하고 만다.

"너무 슬프잖아……."

나도 모르는 사이에 눈가가 촉촉해졌다. 나는 눈물을 훔쳐 닦으며 대본의 마지막 장을 다시 내려다봤다.

불사의 몸과 아름다움을 사랑과 맞바꾸다니!

로렌스라는 기사는 도대체 얼마나 잘생겼던 거야? 얼마나 잘생겼으면 아름다운 온딘이 첫눈에 반한 거지?

온딘은 왜 그런 선택을 했을까? 로렌스만 사랑하지 않았다면 아름다운 몸으로 영원히 살 수 있었던 거잖아? 이게 바로 얼굴만 밝히는 '얼빠'의 최후인가?

로렌스는 진짜 너무 나쁜 거 아니야? 온딘이 늙기 시작했다고 다른 여자에게로 눈을 돌려? 미모 좀 사라졌다고 그게 말이 돼? 어떻게 사랑이 변하냐구!!!

연극 대본 〈물의 요정 온딘〉을 끝까지 읽고 나자 갑자기 우리 반 남자애들이 전부 로렌스로 보이기 시작했다.

남자들 진짜 뭐냐구! 예쁜 여자만 사랑할 수 있다는 거냐? 엉? 그런 거야? 여자 얼굴만 밝히는 '얼빠'의 최후를 내가 알게 해줄까?

의지와는 상관없이 부르르 떨리는 두 주먹을 불끈 쥐고, 나도 모르게 남자애들을 노려봤다. 그때 저멀리서 한껏 들뜬 목소리가 들려왔다.

"물의 요정 온딘……. 이건 진짜 내 얘기잖아……."

봉화였다.

아름다운 물의 요정 온딘의 이야기가 자기 얘기라니? 나는 경악하며 봉화를 쳐다봤다.

봉화는…… 아무리 내 친구라지만 봉화는…… 온딘이랑 엮기에는 너무…… 너무…… 못생겼잖아!!!

제4장 제일 예쁜 애가 여주인공 아니야?

봉화와 눈이 마주쳤다. 쌍꺼풀 없이 가로로 길게 쭉 찢어진 눈 분명 눈동자와 흰자위가 함께 있을 텐데 너무 작아서 눈동자 말고는 보이지 않는, 작아도 너무 작은 눈. 게다가 두 눈 사이에 당연히 있어야 할 콧대는 흔적조차 찾아볼 수 없다. 콧대 없이 밋밋한 코는 갑자기 입술 위에서 울퉁불퉁하게 솟아올라 있다. 콧대 없이 콧방울만 찰흙을 버무려 붙여놓은 것처럼 툭 튀어나왔다. 입술은…… 입술은 너무 두껍다. 윗입술이 아랫입술보다 훨씬 더 두꺼워서 기괴한 느낌마저 준다. 게다가 저 툭 튀어나온 광대뼈! 대체 광대뼈만 왜 저렇게 도드라져 있는 거야!

봉화와 눈이 마주친 순간, 나는 당황하고 말았다. 봉화가 못생긴 건 알고 있었지만 이렇게까지 못생겼었다니! 봉화의 못생김에 새삼스레 놀라 얼굴을 붉히고 있는데 내 맘을 전혀 알 리 없는 봉화는 씩 웃으며 왼쪽 눈을 찡긋거렸다.

뭐, 뭐야? 혹시 위, 윙크?

그랬다. 봉화는 내게 윙크를 날려보낸 것이다. 하트를 쏘듯 분명 윙크를 날렸는데…… 그런데, 그런데…… 정말 보기 흉했다. 왼쪽 눈을 찡긋거리자 찰흙 덩어리 같은 울퉁불퉁한 코도 같이 움씰거렸다. 게다가 튀어나와도 너무 튀어나온 광대뼈는 이상하리만치 흔들려서 마치 얼굴에서 따로 떨어져나와 제멋대로 움직이는 것만 같았다.

제발, 제발 윙크만은 하지 마!

밖으로 터져 나오려는 외침을 가까스로 참고 있는데 봉화가 쐐기를 박듯 갑자기 두 손을 번쩍 들어 올렸다.

뒤이어 양손을 얼굴 앞에 바짝 가져다 붙이며 엄지와 검지를 교차시켰다. 내게 윙크에 이어 하트까지 날려보낸 것이다.

더, 더이상은 무리야!

봉화가 날린 하트에 나는 쿵, 책상에 머리를 박으며 쓰러져 버렸다. 정말이지 더 버틸 수 없을 만큼 끔찍한 애교였다.

"호호호 호호호, 현정이 너 뭐야! 내 미모에 놀라 기절한 거냥?"

어느새 옆으로 온 봉화가 내 등을 톡톡 건드리며 애교 섞인 웃음을 날려댔다. 나는 흡, 숨을 들이마셨다. 절대로 놀란 티를 내지 말아야겠다고, 각오를 다지며 고개를 들었다.

"어때? 나의 이 우아한 모습은? 온딘같지 않아?"

봉화가 오른발을 왼발 앞으로 뻗은 채 허리를 잔뜩 비틀고 서서 나를 내려다봤다.

윽, 나는 어금니를 악물었다. 온딘 같지 않냐니? 봉화야, 너 정말 오늘 나를 죽일 셈이니?

"그, 그, 그런가?"

나는 당황스러움을 최대한 감추기 위해 어금니를 더 꼭 물었다.

"그렇지? 현정이 네가 생각해도 그렇지? 물의 요정 온 딘쯤 되면 서 있을 때도 이렇게 나처럼 우아하게 서 있을 것 같지 않냐? 내가 온딘에 대해서 좀 생각해 봤는데……."

봉화는 신이 나서 떠들어댔다. 나의 어정쩡한 대답을 긍정으로 받아들였는지 온딘의 우아함에 대해서, 더 나아가 자신과 온딘의 공통점에 대해서 쉴 새 없이 늘어놓았다.

봉화야! 넌 정말 같이 있으면 너무너무 재미있는 친구이지만…… 내 소중한 친구이기는 하지만 그래도…… 그래도 온딘이랑 너랑 비교하는 건 무리 아니니? 넌…… 너무…… 못생겼잖아!!!

내 가슴 저 밑바닥에서 솟아오른 비판의 목소리가 자

꾸자꾸 입 밖으로 튀어나오려 했다. 봉화 얘기를 더 듣다가는 나도 모르는 사이에 속마음이 말이 되어 터져 나올까 봐 안절부절못했다.

그때 저멀리에서 한줄기 빛처럼 구원의 목소리가 들려왔다.

"야! 넌 누구 썼냐?"

남자애들이 여기저기 무리 지어 아까 그 한심한 비밀 투표에 대해 쑥덕대고 있었다. 봉화의 두 눈이 사냥감을 발견한 맹수의 그것처럼 빛나기 시작했다. 새로운 먹잇감을 찾은 봉화는 남자애들을 향해 홱 등을 돌렸다. 방금까지 나와 대화를 나누던 일 같은 건 새까맣게 잊어버렸는지 빠른 속도로 남자애들을 향해 달려갔다.

휴우!

나는 가슴을 쓸어내렸다. 조금만 더 같이 있었다가는 내 입에서 무슨 말이 튀어나왔을지, 생각만으로도 아찔했다.

"몰라! 난 관심도 없어!"

"황영웅, 너 진짜 누구 썼는데? 나한테만 말해 주면 안 되냐?"

"넌 누구 썼냐?"

"너한테 그걸 왜 말해야 되냐?

"이태양! 넌 누구 썼는데?"

"아, 진짜! 몰라, 몰라, 모른다구!"

"보나마나 뻔하지 뭐."

"뭐가?"

"1위는 뭐 뻔한 거 아니야? 보나마나……."

"보나마나 누군데?"

남자애들의 걸걸한 목소리 사이로 봉화의 앙칼진 목소리가 솟구쳐 올라왔다. 봉화는 호기심으로 두 눈을 빛내며 남자애들의 대답을 기다렸다.

"1위가 누구일 것 같은데? 아잉, 봉화도 궁금하다냥!"

봉화는 내 앞에서 온딘 같지 않냐며 선보인 동작, 그러니까 오른발을 왼발 앞으로 내민 채 잔뜩 허리를 비튼 자세로 서서 콧소리까지 내고 있었다.

남자애들은 갑자기 망치로 머리를 한 대 얻어맞은 것 같은 얼굴로 봉화를 바라봤다. 심지어 황영웅은 너무 놀랐는지 벌어진 입을 다물지도 못했다. 남자애들의 당황한 얼굴을 보고 있으려니 갑자기 내 뺨이 후끈 달아오르기 시작했다.

"봉화, 진짜 궁금하다냥! 얼른 말해 줘라잉!"

봉화는 무언가를 잔뜩 기대하는 눈빛으로 남자애들을 바라보며 윙크하듯 오른쪽 눈을 찡긋거렸다.

저러다 혹시…… 나한테 했던 말을 남자애들한테도 내뱉어 버리는 거 아니야? 어쩌지? 쫓아가서 데리고 올까?

내가 지금이라도 달려가서 봉화의 입을 틀어막을까 말까 망설이는 그 잠깐 사이에 봉화의 입에서 더 엄청난 말이 튀어나오고야 말았다.

"봉화도 3위 안에 들어가는 거냥?"

생글생글 웃는 봉화의 얼굴 뒤로 남자애들의 얼굴이 보였다. 충격으로 입을 다물지 못하는 십대 남자애들의 얼굴이.

봉화야, 제발!

*

"자, 그럼 지금부터 우리 1학년 1반이 나무중학교 최
고의 행사인 뿌리제에서 공연하게 될 연극 〈물의 요정
온딘〉의 배역을 정하겠다! 무대에 올라 연기를 하는 건
좀 부담스럽다, 생각하는 친구들은 스태프로 참여해도
된다. 관객에게 보여지는 건 무대 위의 배우들이지만 한
편의 연극이 관객 앞에 모습을 드러내기까지 수많은 스
태프들의 피와 땀이 필요하난다. 무대 위로 흐르는 노
래, 배우들이 입고 있는 무대 의상, 그 뒤로 펼쳐진 배경
까지! 무대 앞이든 무대 뒤든 수많은 스태프들의 노력이
스미지 않은 부분은 없다. 배우 몇몇이 연기를 잘한다고
해서 그 연극이 성공하는 건 절대로 아니란 말이지. 배우
들만 연극을 한다고 생각한다면 그건 정말 큰 착각이다.

한 사람 한 사람의 열정과 땀이 무대라는 열매로 결실을 맺는 종합 예술, 그게 바로 연극이란다!"

종례 시간이 시작되자마자 교탁 앞에 선 담임 선생님은 그 어느 때보다도 박력이 넘쳤다. 대학교 때 연극부로 활동했다더니 과연 연극에 대한 열정이 대단했다.

"아침에 말했듯이 단 한 사람도 예외는 없다! 1학년 1반 전원 참여한다!"

담임 선생님은 마치 군사를 이끌고 전쟁터에 나가는 장군 같았다. 더 할 수 없이 진지한 눈빛으로 반 아이들을 휘둘러보고는 검을 휘두르듯 분필을 휘둘렀다.

"그럼 먼저 무대 설치!"

무대 설치라는 말이 떨어지자마자 남자애들이 앞다퉈 지원했다. 그중에서도 황영웅이 제일 빨랐다.

"선생님! 전 진짜, 무조건 이거 할게요! 제가 다른 건 몰라도 힘쓰는 건 정말 자신 있어요!"

황영웅은 혹시라도 무대 설치팀에 들어가지 못할까 봐 안절부절못했다. 그야말로 열정을 다해 손을 흔들어댔다. 황영웅이 무대 설치팀에 들어가고 싶어하는 이유는 안 봐도 뻔했다. 배역을 맡았다가는 대사를 외워야 하니까. 황영웅으로 말할 것 같으면, 책을 읽는다든가 공부를 한다든가 대사를 외운다든가 하는 건 상상하기도 싫어할 만큼 머리 쓰는 일이라면 무조건 고개를 내젓는 아이다. 머리 쓰기 싫으니 무대 설치팀에 들어가려는 거다.

"무슨 소리야? 황영웅 넌 로렌스 해야지!"

"로렌스는 무조건 황영웅이 하는 거 아니었어?"

"선생님! 영웅이가 남주인공도 하고 무대 설치도 하면 안 되나요?"

여기저기서 황영웅이 남주인공을 해야 한다고 아우성이었다. 남자애들끼리는 벌써 약속이 되어 있는 듯했다.

"영웅이가 로렌스를? 오호!"

담임 선생님이 칠판에 무대 설치를 맡을 아이들 이름을 적다 말고 황영웅을 쳐다봤다.

"제가요? 노(No), 노(No)! 절대로 싫어요! 노(No), 노(No), 전 진짜 죽어도 못 해요!"

황영웅은 지금 당장 지옥불에 뛰어들라는 말을 듣기라도 한 것처럼 진저리쳤다.

"진짜? 그런데 왜 애들이 전부 영웅이 너한테 남주인공을 하라는 거니? 너희들끼리 이미 다 얘기된 거 아니었어?"

담임 선생님은 이해할 수 없다는 듯 고개를 갸웃거렸다.

"진짜로 아니라구요! 제가 남주인공을 어떻게 해요! 야, 너희들 지금 장난해? 난 진짜 못 한다고! 안 한다고! 주인공이면 대사도 제일 많을 거 아니야? 못 해! 난 못 해!"

황영웅은 담임 선생님 앞이라는 사실도 잊은 듯했다. 벌떡 일어나 남자애들한테 으름장을 놓았다.

"황영웅! 지금 뭐 하는 거야? 일단 자리에 앉아. 영웅이가 진짜 안 하다잖냐. 못 한다잖아. 그런데 왜 영웅이가 남주인공을 할 거라고 생각한 거냐?"

담임 선생님이 묻자 남자애들은 기다렸다는 듯이 앞다퉈 대답했다.

"우리 반에서 황영웅이 제일 잘 생겼잖아요!"

"황영웅이 공부는 못해도 얼굴은 최고잖아요!"

"남주인공은 영웅이처럼 키 크고 잘생긴 애가 해야죠!"

남자애들은 약속이라도 한 듯 황영웅이 우리 반에서 제일 잘생긴 남자애라고 주장했다. 남주인공은 우리 반에서 제일 잘생긴 남자애가 해야 한다고 주장했다.

진짜? 황영웅이 우리 반 남자애들 중에서 제일 잘생겼단 말이야? 남자애들 눈에는 그렇게 보인단 말이지? 하긴 지금 보니까 황영웅이 키는 정말 크네. 자세히 보니 얼굴도 꽤 괜찮은 편인걸? 이마도 반듯하고 콧대도 높고. 뭐야, 속쌍꺼풀까지 있었어? 그러고 보니 잘생긴 것도 같은데? 그래도…… 그래도 얼굴 생긴 것만 보면 이태양이 훨씬 낫지 않나? 내 눈에는 이태양이 훨씬 더 잘생긴 것 같은데…….

나도 모르게 이태양의 얼굴로 시선이 갔다. 자연스럽게 흘러내린 앞머리 아래로 드러난 반듯한 이마, 진한 눈썹, 속쌍꺼풀 아래 반짝이는 검은 눈동자, 인중까지 곧게 뻗어 내린 오똑한 코, 붉은 색 립스틱을 바른 듯한 입술

은 윗입술보다 아랫입술이 더 도톰해서 한 번 톡 건드려

보고 싶다는 생각이…… .

어머머, 어머머, 뭐야, 뭐야! 건드려 보긴 뭘 건드려 보

고 싶다는 거야? 나, 지금 무슨 생각을 한 거니? 이태양

이 황영웅보다 잘생긴 것 같다고? 그럼 내 눈에는 우리

반 남자애들 중에서 이태양이 제일 잘생겨 보인다는 거

잖아? 미쳤어, 미쳤어! 아까 봉화가 나한테 날렸던 윙크

랑 하트 때문에 제 정신이 아닌 거야!

나는 찰싹찰싹 손으로 뺨을 때렸다. 자꾸만 머릿속을

비집고 들어오는 요상한 생각을 쫓아내려고 눈에 잔뜩

힘을 준 채 칠판을 노려봤다.

"현정이 너, 나한테 뭐 할 말 있냐?"

담임 선생님이 내 쪽을 주목했다.

"네? 아, 아니요…….."

나는 기어들어 가는 목소리로 대답하고는 재빨리 고

개를 떨궜다.

오늘 나 진짜 왜 이러는 거야? 정신 차리자, 정신! 나야

말로 배우를 할지 스텝을 할지, 내 할 일이나 생각해야지!

나는 이번 연극에서 어떤 역할을 맡을 수 있을까 생각하며 자세를 바로 잡았다.

"혹시 남주인공 하고 싶은 사람 누구 없냐? 하고 싶은데 괜히 빼지 말고 이번에 남주인공 한번 해 보고 싶다, 그런 사람 있으면 손 한번 번쩍 들어 봐!"

담임 선생님의 말에 교실은 갑자기 얼음이 됐다. 혹시라도 선생님과 눈이 마주쳤다가는 남주인공을 맡게 될까 봐 걱정되는지 남자애들 모두 딴청을 폈다. 누군가 땡, 하고 말할 때까지 교실을 꽁꽁 얼린 침묵은 사라지지 않을 듯했다.

"흠흠, 그럼 할 수 없지. 영웅아앙! 영웅이 진짜 할 생각 없다냥? 응?"

담임 선생님 입에서 들어주기 괴로운 코맹맹이 소리가 새어 나왔다.

"영웅이가 남주인공 해 주면 선생님은 진짜 행복할 것 같아용! 해줄 거얌? 해 줄 때까지 선생님 자꾸자꾸 애교

부릴거다냥!"

으웩! 으으으! 우우웩!

여기저기서 괴성이 들려왔다.

"언제까지 이 쌤이 애교를 부리게 할 거냥. 계속하게 할 거냥!"

담임 선생님은 이제는 '언제까지 어깨춤을 추게 할 거야'라는 노래의 가사를 바꿔서 어깨춤과 함께 괴성을 부르는 코맹맹이 소리를 계속해댔다.

"야, 황영웅! 그냥 해!"

"황영웅! 우릴 죽일 셈이냐!"

"제발! 영웅아! 빨리 한다고 해!"

"네가 남주인공 하면 우리가 매일 빵 한 개씩 사줄게!"

여기저기서 외치는, 살려 달라는 비명 사이로 '빵' 소리가 들리자, 황영웅의 두 눈이 이글이글 불타오르기 시작했다! 얼굴 가득 결의가 용솟음쳤다.

"진짜냐? 매일 빵 한 개씩이닷! 선생님, 로렌스는 제가 맡겠습니다!"

바야흐로 남주인공이 탄생하는 순간이었다.

*

"자, 그럼 남주인공도 뽑았으니 여주인공도 바로 뽑아 볼까?"

담임 선생님은 칠판 위에 '남주인공: 황영웅'이라고 크게 쓰고는 허리를 곧추세웠다.

"물의 요정 온딘! 요정으로 태어나 불사의 몸마저 사랑과 맞바꾼 이 아름다운 여신을 표현할 우리의 뮤즈는 과연 누구인가? 두구두구 두구두구 두구두구! 내가 물의 요정 온딘이닷! 여주인공을 할 사람 손 들어 봐라!"

담임 선생님의 외침은 우렁찼다. 그러나 교실은 또다시 단박에 꽁꽁 얼어 버렸다. 여자애들 모두 담임 선생님의 눈길을 피하며 교과서를 뒤적인다거나 손톱을 매만진다거나 천장을 올려다보며 딴청을 부렸다.

물의 요정 온딘이라니! 분명 여주인공을 하고 싶다고

생각하는 아이도 있기는 있을 거다. 그렇지만 속으로 아무리 여주인공을 하고 싶어도 제가 하겠어요! 번쩍 손을 들 아이는 없으리라. 다른 역할도 아니고 아름다운 물의 요정이라니! 웬만한 강심장이 아니고서야 용기를 낼 수 있는 애가 있을까? 혹시 또 모르지. 미애 정도로 예쁜 애라면 그럴 수도.

"정말? 진짜 아무도 없어? 얼마나 멋있냐? 물의 요정 온딘! 생각만 해도 가슴이 벅차오르잖아? 내가 중학교 학교 축제에서 물의 요정 온딘, 여주인공이었다면 나중에 돌아봤을 때 생애 최고의 순간으로 기억될 걸? 가문의 영광이고 자랑이지! 정말 지원할 사람 없어?"

담임 선생님은 그렇게 하면 당장이라도 여자애들의 손을 번쩍 들어올릴 수 있다고 생각했는지, 두 눈에 잔뜩 힘을 줬다. 이얍, 이얍! 눈빛으로 강력한 레이저 빔을 발사했다. 그러나 여자애들은 더욱더 고개를 숙일 뿐이었다. 그렇게 언제 끝날지 모를 침묵의 시간이 교실을 무겁게 감싸고 있는데, 누군가 얼음 땡! 하듯 교실에 감도는 침묵을 깼다.

"제일 예쁜 애가 해야죠!"

그 소리가 신호라도 되는 듯 남자애들이 앞다퉈 소리쳤다.

"오미애가 제일 예쁘잖아요!"

"온딘은 오미애 아니에요?"

"오미애! 오미애! 오미애!"

교실에 '오미애'가 울려 퍼졌다. 교실 뒤쪽에서 시작된 '오미애'라는 구호는 점점 거센 파도가 되어 교실 전체를 휩쓸어버릴 기세였다.

"그만, 그만! 반 아이들이 이렇게 원하는데 미애 네 생각은 어떠냐?"

담임 선생님 말에 미애는 머리를 뒤로 쓸어넘기며 빙그레 미소 지었다.

"제가 잘할 수 있을지…… 연극은 안 해 봐서……."

미애는 평소의 자신만만한 태도를 찾아볼 수 없을 만큼 겸손한 태도로 대답했다.

뭐지? 가진 자의 여유인가? 그냥 한번 거절해 보는 거니? 네가 우리 반에서 제일 예쁜 여자애라도 여주인공 하라는 말에 덥석 받아들이면 너무 속 보이니까?

그런 생각을 하는데 어디선가 투덜거리는 소리가 들려왔다. 그냥 투덜거렸다고 생각하기에는 너무 생생하게, 다들 똑바로 잘 들으라는 듯이 터져 나온 불만의 소리였다.

"그래도 여주인공인데, 연기를 잘해야 되는 거 아닌가?"

혼잣말이었겠지만 혼잣말이라기에는 너무너무 큰 소리였다.

"봉화야! 다시 한번 말해 줄래?"

담임 선생님이 두 눈을 껌뻑이며 봉화를 불렀다.

그랬다. 교실을 휩쓴 '오미애'라는 거센 파도를 뚫고 나온 목소리의 주인공은 바로 봉화였다.

"다른 배역은 몰라도 여주인공은……."

여기까지만 말하고 봉화는 더이상 뒷말을 이어 나가지 못했다. 미애를 흘깃거리며 입술을 달싹거렸다.

"여주인공은? 그러니까 여주인공은?"

봉화가 말을 잇지 못하자 담임 선생님이 봉화의 그다음 말을 재촉했다.

"그, 그, 그러니까 그게…… 그게 여주인공은…… 외모도 중요하지만 연기를 잘해야 할 것 같아요."

봉화는 기어들어 가는 목소리로 간신히 대답했다.

"외모보다 연기라구? 그래, 그래! 고맙다, 봉화야!"

봉화의 대답에 담임 선생님의 눈이 커졌다. 마치 중대한 발견이라도 한 듯한 표정이었다.

"이 선생님이 가장 중요한 걸 잊고 있었구나. 누가 뭐래도 배우는 연기력이지! 암, 그렇고 말고! 그럼 혹시 봉화 너도 온딘 역을 해 볼 마음이 있는 거냐?"

담임 선생님은 그 어느 때보다 진지했다. 봉화는 빨갛게 달아오른 얼굴로 미애를 쳐다봤다.

설마? 봉화야! 설마 너 이 분위기에서 온딘 역을 하겠다고 나서는 건 아니지? 남자애들 전부 온딘은 우리 반에서 제일 예쁜 오미애가 해야 된다고 아우성을 치는데?

네가 오미애를 제치고 온딘을 하겠다고 나서는 건 진짜 아니겠지?

나는 봉화와 미애를 번갈아 쳐다봤다. 봉화는 미애와 눈이 마주치자 슬며시 눈길을 피하며 입술을 꾹 다물었다. 미애 눈치를 보는 듯했다. 늘 미애와 어울려 다니며 예쁘다, 부럽다는 말을 입버릇처럼 되풀이하던 봉화였다. 당연히 미애가 여주인공이 되는 걸 반대하기는 쉽지 않을 것이다. 봉화가 대답을 망설이자 미애는 정말 어이가 없다는 표정으로 봉화를 한번 째려보고는 심드렁하게 다시 손거울을 들여다봤다. 어차피 봉화 따위는 신경 쓸 필요조차 없다는 태도였다.

"봉화야, 온딘 역에 너도 한번 지원해 보겠니? 네가 정 싫으면 할 수 없지만."

담임 선생님이 마지막으로 한 번 더 봉화에게 물었다. 그러자 봉화는 잔뜩 움츠리고 있던 어깨를 펴고는 담임 선생님을 똑바로 바라봤다. 굳게 잠긴 문처럼 닫혀있던 봉화의 입이 서서히 벌어지며 뜻밖의 말이 튀어나왔다.

"해, 해 볼게요."

봉화는 진지한 얼굴로 대답했지만 봉화의 그 한 마디로 교실은 난리가 났다.

"우우우우! 우우우!"

누가 먼저 시작했는지 모르지만 야유와 조롱이 이어졌다.

"봉화 넌 양심도 없냐?"

"거울도 안 보는 거?"

"다들 조용히 못 해! 선생님이 다른 건 다 참아도 이런 건 못 참는다!"

담임 선생님이 엄한 얼굴로 교탁을 쾅쾅 내리쳤다. 어찌나 많이 화가 났는지 거친 숨까지 씩씩 몰아쉬는데, 담임 선생님의 이런 모습은 처음 봤다. 담임 선생님은 화를 참으려고 애쓰느라 잠시 교탁을 꽉 쥐고 서서 숨을 내쉬었다. 그런데 미처 침묵을 예상하지 못한 누군가가 눈치 없이 내뱉은 말이 활시위를 떠난 활처럼 교실 한복판으로 날아들었다.

"야, 아무리 학교 축제라도 그렇지 봉화는 진짜 아니지 않냐?"

봉화 얼굴이 새빨개졌다. 야유와 조롱에 거의 이성을 잃을 뻔했던 봉화는 이제 당장이라도 울음을 터트릴 것 같은 얼굴로 책상 밑으로 주먹을 꼭 쥐고 있었다.

봉화가 온딘이라니! 그것도 우리 반에서 제일 예쁜 미애를 제치고 여주인공을 하겠다고 나서다니!

나 역시 이건 정말 말도 안 되는 얘기라고 생각했지만 그렇지만…… 아이들의 비난 속에서 손톱이 파고들만큼 주먹을 꼭 쥔 채 견디고 있는 봉화는…… 너무 안쓰러웠다. 나 역시 다른 아이들처럼 봉화가 너무 못생겼다고 생각은 하지만…… 그렇지만 이대로 혼자 창피를 당하게 놔둔다면 봉화는 더이상 내가 아는 봉화가 아니게 될 것만 같았다.

눈치 없이 아무때나 재잘재잘 떠들고, 재미없는 얘기에도 호호호 호호호 즐거워 못 참겠다는 듯이 웃어대는 봉화와는 전혀 다른 사람으로 변할 것만 같았다. 잔뜩 주눅이 들어 아이들 눈치를 보느라 말 한마디 제대로 하지 못하고, 아무리 재미있는 얘기를 해도 잘 웃지 않는 그런 사람, 이제까지와는 전혀 다른 봉화가 될 것만 같은 이상한 예감이 나를 사로잡았다.

그래서였을까? 담임 선생님이 누구 또 온딘 역에 지원할 사람 없냐며 교실을 둘러봤을 때, 나는 어느새 오른팔을 번쩍 들어올리고 있었다. 아무도 지원하지 않는다면 나라도 나서야할 것 같았다. 그렇지 않으면 봉화는 앞으로도 계속 미애와 비교당하며 놀림을 받을 게 뻔하니까!

"저도 온딘할래요!"

정신을 차리고 들어올렸던 팔을 내렸을 땐, 이미 내 입에서 나도 예상하지 못한 말이 튀어나와 버린 후였다.

제5장

뜻밖의 오디션

"야! 너 왜 진작 말하지 않았어? 난 현정이 너도 온딘을 하고 싶어 하는 줄은 꿈에도 몰랐네. 저도 온딘할래요! 어쩜, 어쩜, 어쩜! 아까 너 진짜 멋졌던 거 알지? 현정이 너랑 나랑 같은 생각을 하고 있었다니! 그러니까 우린 천생연분?"

봉화는 양손으로 하트 모양을 만들더니 내게 또 하트 폭탄을 날려댔다. 내가 봉화랑 같은 생각을 하고 있었다니? 나랑 봉화랑 천생연분이라니?

말도 안 돼! 이건 꿈이야! 대체 내가 무슨 짓을 저지른 거야!

이제는 하트 폭탄에 윙크까지 곁들여 날려보내는 봉화를 보고 있자니 정말이지 머리를 쥐어뜯고 싶었다.

"현정이 네가 웬일이니? 여주인공을 하겠다고 나서고. 현정이 너도 네가 하고 싶은 일에는 정말 적극적이구나? 몰랐네, 몰랐어! 한다면 하는 현정이! 최고!"

내 맘을 전혀 알 리 없는 명랑이까지 덩달아 나를 치켜세우며 엄지척을 했다.

명랑이 너까지 대체 왜 이러는 거야? 내가 하고 싶은 일에는 적극적이라고? 한다면 하는 애라고? 제발 이러지마! 난 그런 애가 아니라구!

봉화에 이어 명랑이까지 호들갑을 떨어대자 나는 정말이지 내 오른팔을 잘라 버리고 싶었다. 온딘을 하겠다고 번쩍 들어올렸던 내 오른팔을.

내가 대체 왜 그랬을까? 다른 애들은 저렇게 다들 집에 가고 있는데 난 왜 집에도 가지 못하고 운동장 계단에 앉아 있어야 하는 거지? 어쩌자고 이렇게 무모한 짓을 저질러 버린 걸까?

　종례 시간, 여주인공을 정하고 있는데 봉화가 여주인공을 하겠다고 말해버렸다. 남자애들 모두 온딘은 무조건 우리 반에서 제일 예쁜 오미애가 해야 한다고 목소리를 높이고 있는데 봉화가 온딘을 하겠다고 나선 것이다. 봉화에게 쏟아지는 야유와 조롱은 엄청났다. 죽을 힘을 다해 비아냥을 견디고 있는 봉화를 그냥 보고만 있을 수는 없었다. 그 순간에는 그냥 봉화가 너무 불쌍했다. 봉화 편을 들어주는 애가 아무도 없으니까 나라도 나서야 할 것 같았다. 그뿐이다.

　그런데 막상 담임 선생님의 입에서 '오디션'이라는 말이 나오자 덜컥 겁이 나기 시작했다.

　"현정이까지? 그럼 온딘을 하겠다는 친구가 벌써 세 명이네?"

　내가 온딘을 하겠다고 나서자 담임 선생님 얼굴에 웃음꽃이 폈다.

　"혹시 또 누구 온딘 역에 도전해 보고 싶은 사람 없냐?

십대에는 무엇이든 도전해 보는 것이야말로 중요하단
다. 설령 실패한다 해도 상관없어! 결과가 어떻든 도전
하고 노력하는 과정에서 얻는 것, 그게 바로 성장이지!
자, 어떠냐? 온딘에 도전해 볼 사람?"

담임 선생님 말은 정말 멋졌다. 어딘가에 적어 놓고 두
고두고 들여다보면서 마음 깊숙이 새기고 싶을 정도로
멋진 말이었지만, 아무도 도전하지 않았다. 여자애들 모
두 서로 눈치만 볼 뿐이었다.

결국 온딘 역에 도전한 사람은 나와 봉화뿐이었다. 미
애는…… 남자애들의 강력한 지지로 후보자가 되었다.

"후보가 세 명이나 되다니! 어쩔 수 없군. 오디션이닷!"

뭐라구요? 오디션? 그게 대체 뭔가요?

내가 '오디션'이라는 말의 뜻을 이해하지 못해 어리둥절
해하고 있는데 담임 선생님은 칠판에 '오디션'이라고 크게
쓰고 그 옆에 '다음 주 월요일 종례 시간에 실시'라고 꾹꾹
눌러썼다. 흰색 분필이 똑하고 부러질 만큼 힘주어.

그리하여 '오디션'을 보게 되었다. 나, 윤현정이 말이

다. 우리 반에서 제일 예쁜 오미애와 우리 반에서 제일 분위기 파악 못 하는 봉화와 우리 반에서 제일 평범한 내가! 온딘 역을 두고 오디션을 보게 되다니!

생각만으로도 머리가 지끈지끈 아파 왔다. 생각해 봐라. 오디션이라는 게 뭔가? 연예인을 꿈꿀 정도로 예쁘고 잘난 애들이 보는 게 오디션이다. 나처럼 평범한 애들은 연예인이니 오디션이니 이런 건 감히 상상조차 하지 않는다. 예쁘고 잘나지 않았으면 최소한 노래를 잘 부른다든가 춤을 잘 추든가 특별한 재능 한 가지쯤은 가진 애들이라야 생각해 볼 수 있는 것이 바로 오디션이다.

그런데 내가? 내가 얼굴이 예쁜가? 노래를 잘하나? 아니면 춤이라도 잘추나?

아무리 생각해도 답이 안 나왔다. 답 안 나오기는 지금 내 앞에 서 있는 봉화 역시 마찬가지였다.

"저도 온딘할래요! 꺅! 아까 현정이 넘 멋졌다니까! 명랑이 너도 봤지? 하마터면 나 현정이한테 반할 뻔했다니까!"

지금 우리가 어떤 상황에 처해 있는 줄도 모르고 내 흉내나 내고 있는 봉화에게서 진지함을 찾기란 불가능했다.

봉화야, 봉화야! 대체 네 머릿속엔 뭐가 들어 있는 거야!

*

"대본은 좀 읽어 봤니?"

명랑이가 가방에서 대본을 꺼내 들고 봉화와 내가 앉아 있는 계단 밑으로 내려왔다.

"당연하지. 그런데 진짜 이 대본, 명랑이 네가 쓴 거야? 어쩜 이런 대본을 쓸 수가 있어? 명랑이 너…… 혹시…… 천재?"

봉화는 칭찬을 아끼지 않았다.

"천재는 무슨…… 진짜 나쁘지 않은 거 맞아?"

명랑이는 쑥스러워하면서도 슬며시 내 쪽을 쳐다봤다.

"그래, 진짜 잘 썼어. 난 마지막 장면에서 울었다니까."

나는 서둘러 대답했다. 혹시라도 명랑이가 나의 찌푸

린 표정이라든가 복잡한 눈빛을 대본 때문이라고 오해할까 봐 걱정됐다. 명랑이가 써 온 〈물의 요정 온딘〉은 중학생이 썼다고는 믿기지 않을 만큼 잘 썼으니까. 대본엔 정말 문제가 없다. 문제는 온딘 역을 해낼 자신이 없는 나한테 있을 뿐이다.

"다행이다. 사실 소설은 가끔 썼는데, 연극 대본은 진짜 처음 써 봤거든. 나도 내가 연극 대본을 쓰게 될 줄은 몰랐어. 꿈 찾기 수행 평가 했을 때, 작가가 되고 싶다고 생각하면서도 솔직히 좌절이나 실패는 무섭다고 털어놨었잖아. 실패하는 게 무서워서 백일장에도 못 나갔었다고. 그날 우리 수행 평가 발표 끝나고 담임 선생님이 나를 따로 부르셨어."

"어머머, 담임 선생님이 명랑이 너만 따로? 뭐야? 나도 있는데 왜 너만?"

봉화가 뽀로통한 얼굴로 투덜거렸다. 지금 중요한 건 그게 아니잖아, 라고 말하고 싶었지만 그만뒀다. 그랬다가 봉화가 더 엉뚱한 얘기를 늘어놓을까 봐 그냥 꾹 참았다.

"이 대본 때문에. 담임 선생님이 도와 달라고 하셨어. 여름 방학 시작하기 전 까지 뿌리제에서 공연할 연극 대본을 써 달라고 하시더라. 나도 처음엔 못한다고 했지. 연극 대본은 써 본 적도 없다고. 그런데 담임 선생님이 내게 물으시더라. 명랑이 네 말대로 시작도 하지 않으면 좌절할 일도 실패할 일도 없으니까? '명랑이 넌 분명 아까 발표할 때 지금까지와는 달라지고 싶다고 했잖아' 라며 내 눈을 똑바로 들여다보시더라고. 가만히 내 대답을 기다리는 담임 선생님 눈빛은 정말 진지했어. 내가 어떤 대답을 한다 해도 내 결정을 존중해 주실 거라고 생각했지. 연극 대본은 한 번도 안 써 봤다고 또 핑계를 대면서 도망칠 거야? 스스로에게 물었지. 이번엔 도망치고 싶지 않았어. 실패할까 봐 무서웠지만 써 본다고 약속했어."

명랑이가 연극 대본을 말없이 내려다봤다. 지금 명랑이 손에 들려 있는 연극 대본은 단순한 종이 묶음이 아닌 듯했다.

하고 싶은 일을 스스로 포기했던 지난날과는 다르게,

명랑이는 희망을 가슴에 품고 끝도 보이지 않는 계단을 묵묵히 걸어 올라왔다. 연극 대본은 그 시간의 흔적이 고스란히 담겨 있는 노력의 결과물이었다.

그런 명랑이의 눈빛은 분위기 파악 못하는 봉화조차 입 다물게 만들 만큼 진지했다.

"내가 온딘을 글로 잘 표현했는지는 나도 잘 모르겠어. 그래도 한번 제대로 해 보고 싶어! 내가 쓴 온딘이 무대 위에서 생생한 인물이 되어 살아 움직이려면 온딘 역을 맡게 될 배우의 힘이 절대적으로 중요해. 그러니까 너희도 이번 오디션을 진지하게 생각해 줬으면 해."

명랑이가 허리를 꼿꼿하게 펴고는 대본의 첫 장을 넘겼다.

"자, 그럼 먼저 내가 생각하는 이 연극의 클라이맥스 부분을 말해 볼게. 미애는 오늘 바빠서 이 자리에 오지 못했으니까 나중에 내가 따로 알려 줄거야. 사실 이 장면은 내가 쓰면서 가장 힘들었던 부분이었어. 온딘이 변심한 로렌스의 결혼식에 찾아가는 장면 있지? 찾았니?"

명랑이는 마치 군사를 지휘하는 장군 같았다. 그 기세에 눌려 나와 봉화는 군기가 잔뜩 든 병사처럼 빠르게 대본을 넘겼다.

"넵! 찾았습니다!"

명랑이가 이야기한 장면을 찾자마자 봉화는 정말이지 장군에게 보고하는 병사처럼 절도 있게 대답했다. 다른 때 같으면 웃음이 터져 나왔을 상황이었지만 왠지 하나도 우습지 않았다. 오히려 나마저도 바짝 긴장하며 명랑이의 다음 말을 기다렸다.

"영원한 사랑을 맹세한 연인, 그러나 젊음과 아름다움을 잃자 다른 여자를 선택해 결혼까지 하려는 남자, 이 남자에 대한 배신감과 증오는 저주를 내릴 만큼 강력했지. 그런데 막상 저주로 사랑했던 연인이 죽을 운명에 처하자 온딘은 로렌스가 가여워서 저주로 처참하게 죽기 전에 차라리 로렌스의 목숨을 거둬들이기로 해. 온딘은 마지막 입맞춤으로 로렌스의 목숨을 거두고 자신도 따라 죽어. 그리고 연인의 무덤을 감싸고 도는 시냇물이 되지.

나는 온딘의 마음을 이해하기 어려웠어. 온딘은 어떻게 자기를 배신한 남자에게 연민의 마음을 가질 수 있었을까? 아무리 생각해 봐도 내 머리로는 온딘을 이해할수 없었어. 아름다움도 영원한 삶도 오직 사랑을 위해 기꺼이 버린 온딘을, 로렌스는 어떻게 배신할 수 있지? 내가 온딘이라면 로렌스를 절대로 용서하지 못할 것 같아. 저주를 퍼붓고 끝이었을 거야. 저주를 내린 다음엔 나를 버린 연인 따위 절대로 뒤돌아보지 않았을 것 같아. 그런데 온딘은 자신이 내린 저주에서 로렌스를 구할 방법을 찾지 못하자 로렌스에게 아름다운 마지막 입맞춤을 선물하고 자신도 죽어.

이 장면에서 온딘의 마음을 관객에게 납득시키지 못하면 이 연극은 실패야. 저주를 내릴 정도로 증오하면서도 저주로 죽어 가는 모습만큼은 지켜볼 수 없을 정도의 절실한 사랑이라니! 그 사람을 따라 죽을 만큼 사랑할수 있다니! 두 사람은 어떻게 생각하니? 온딘의 이중적인 마음을 이해할 수 있겠니? 너희라면 온딘의 이런 마음을 어떻게 표현하겠어?"

명랑이는 마치 절대로 풀 수 없는 수수께끼를 내놓고 너희가 과연 풀 수 있을까, 의기양양하게 인간을 내려다보는 스핑크스처럼 나와 봉화를 쳐다봤다.

명랑이의 엄청난 질문에 당황해하고 있는데 봉화가 번쩍 손을 들어올렸다.

"작가님, 질문 있습니다!"

"질문?"

명랑이 눈썹이 위로 올라갔다.

"진짜 이해가 안 가서 그러는데요, 저주로 죽나 입맞춤으로 죽나, 죽는 건 마찬가지 아닌가요?"

천진난만한 얼굴로 묻고 있는 봉화는 순진무구해 보이기까지 했다.

봉화야! 너, 진짜 대단하다!

제6장 난 왜 이렇게 못생긴 거야!

"두 사람 다 줄거리는 알고 있는 거지? 물의 요정 온딘에 대해서 더 알고 싶으면 인터넷 검색도 좀 해 보고. 그래도 부족한 부분이 있으면 나한테 물어봐도 좋아. 내가 도울 수 있는 부분은 얼마든지 도와줄게. 클라이맥스 장면도 좋고 다른 장면도 상관없으니까 너희가 원하는 대로 골라. 아무튼 집에 가서 대본 좀 더 읽어 보고 오디션 장면 잘 선택해 봐! 난 도서관에 가서 자료 좀 찾아야 해서 먼저 갈게."

할 말을 끝낸 명랑이는 서둘러 가방을 챙기기 시작했다.

"엥? 간다고? 뭐야! 난 얘기 끝나고 같이 놀다가는 줄 알았지. 명랑아! 아니 작가니임! 햄버거라도 먹으면서 우리 더 깊은 얘기를 나눠 보는 건 어떨까용."

봉화가 명랑이의 팔을 붙들었다.

"안 돼! 배역 정해지면 바로 연습 들어갈 텐데 그때까지 대본 수정 끝내야지."

명랑이는 단호한 태도로 봉화 팔을 뿌리쳤다.

"진짜 이럴 거냥? 내일부터 해도 되잖아아! 현정아, 너도 빨리 명랑이 팔 잡아! 얼른!"

봉화의 재촉에 나도 명랑이에게 팔짱을 꼈다. 명랑이를 가운데 두고 봉화가 소리 높여 외쳤다.

"렛츠 고!"

그러나 봉화의 우렁찬 함성은 뒤이은 명랑이의 반응에 곧 사그라들어 버렸다.

"진짜 안 된다구! 미안! 햄버거는 둘이 먹어! 도서관 문 닫기 전에 가야한단 말이야!"

명랑이는 붙잡힌 팔을 뿌리치고는 뒤도 돌아보지 않

고 계단을 내려갔다.

"야, 이명랑! 햄버거 먹기 싫으면 코인 노래방은 어때? 잠깐 기다려 봐!"

멀어져 가는 명랑이 등에 대고 봉화가 소리쳤다. 그 옆에서 나도 같이 소리쳤다.

"명랑아, 한 시간만 놀자!"

그러나 돌아오는 대답이라고는 "안 돼!"라는 단호한 거절뿐이었다.

봉화와 나는 몇 번 더 "한 시간만! 한 시간만!"을 외쳤고, 명랑이는 오늘 같이 못 놀아 준 건 멋진 대본으로 갚겠다며 손을 흔들어 보이고는 곧장 도서관이 있는 별관으로 들어가 버렸다.

"우와, 진짜 가버리네? 대단하다……. 내가 명랑이라면 우리가 이렇게 붙잡는데 못 이기는 척하고 잠깐이라도 놀다 갈 텐데…… 쳇!"

섭섭해도 너무 섭섭했는지 봉화가 못마땅한 얼굴로 불평을 늘어놓았다.

솔직히 나도 서운했다. 오늘 하루, 아니 딱 한 시간만 더 논다고 해서 대본에 그렇게 큰 차이가 생기는 건 아닐 텐데 어찜 저렇게 매몰차게 우리를 뿌리치고 가 버릴 수가 있을까, 서운한 마음이 앞섰다. 그러나 한편으로는 저렇게 거절할 수 있는 명랑이가 부럽기도 했다. 만약 내가 명랑이라면 같은 상황에서 명랑이처럼 해야 할 일을 우선으로 여길 수 있을까? 당장 시험이 내일이라 공부를 해야 한다고 해도 나라면 명랑이처럼 행동할 순 없을 것 같다. 뒤로 미룰 수 없는 급한 일이 있어도 친구들이 팔을 붙잡고 늘어진다면 뿌리치기는커녕 혹시라도 미움받거나 사이가 멀어질까 봐 못 이기는 척 따라갔을 게 뻔하다.

명랑이에게는 봉화나 나보다 연극 대본이 훨씬 더 중요한 걸까? 명랑이는 우리가 서운해하든 말든, 사이가 멀어지든 말든 상관없는 걸까?

그런 생각이 들자 내 입에서도 쳇, 소리가 튀어나와 버렸다.

"그러게. 우리보다 대본이 더 중요한가 보네. 나도 집에 갈래."

나는 기분 나쁜 티를 팍팍 내며 거칠게 가방을 집어 들었다.

"아잉, 너까지 왜 그래! 기분 풀어엉!"

봉화가 내 팔짱을 끼며 애교를 부리기 시작했다.

"현정아, 현정아! 넌 어느 장면이 제일 마음에 들어? 응? 명랑이가 오디션 장면은 우리 맘대로 골라도 된다고 했잖아."

봉화가 싱글싱글 웃으며 나를 쳐다봤다. 정말이지 걱정이라고는 찾아볼 수 없는 얼굴이었다. 걱정은커녕 소풍을 앞둔 초등학생 같은 얼굴의 봉화를 보고 있자니 벌컥 짜증이 밀려왔다.

"몰라! 진짜 모르겠어! 내가 온딘을 어떻게 하냐구!"

나는 봉화에게 홱, 등을 돌리고 서둘러 계단을 내려갔다.

"같이 가, 현정아! 너, 내 다리 짧은 거 모르는구나? 같이 가자니까아!"

봉화는 내가 왜 짜증이 났는지 전혀 알려고도 하지 않고 종알종알 계속 재잘거리며 내 뒤를 쫓아왔다. 온딘이 어쩌고저쩌고, 대본이 어쩌고저쩌고, 아까 미애가 발랐던 립스틱이 어쩌고저쩌고, 봉화는 운동장을 가로질러 교문을 빠져나올 때까지도 쉴 새 없이 떠들어댔다. 그런데 버스 정류장이 가까워지자 어쩐 일인지 봉화의 말소리가 점점 줄어들더니 버스 정류장에 도착해서는 아예 한마디도 들려오지 않았다.

뭐지?

봉화의 침묵이 너무 낯설어서 나는 주위를 살폈다. 봉화와 내가 앉아 있는 정류장 벤치 옆으로 다른 학교 교복을 입은 우리 또래의 남자애들이 잔뜩 몰려서 있었다.

설마? 안봉화, 너 혹시 부끄러워하는 거니? 너처럼 남의 눈치 전혀 안 보는 애가 지금 남자애들 앞이라고 수줍어하는 건 아니겠지?

내 예상이 맞는 건지, 아니면 내가 모르는 다른 이유가 있는 건지, 봉화는 남자애들이 우리 쪽을 쳐다보자 얼굴을 붉히며 시선을 피했다. 입을 꾹 다문 채 신발 끝만 내려다봤다.

봉화한테도 이런 면이 있었다니! 다른 사람들의 시선에 얼굴도 못 드는 봉화라니! 봉화의 낯선 모습을 보고 있자니, 어쩐지 내가 봐서는 안 되는 장면을 본 목격자라도 된 듯한 기분이 들었다.

차라리 눈치 없이 재잘재잘 떠들어대는 봉화가 더 나은 것 같다고 생각하는데 저쪽에서 버스 한 대가 달려와 섰다. 한쪽에 잔뜩 몰려서 있던 남자애들이 우르르 버스 안으로 들어갔다.

"우와! 저 여자 진짜 예쁘다!"

남자애들이 버스를 타고 사라지고 나서야 봉화는 입을 열었다. 버스 정류장 벽에 붙어 있는 광고판 속의 모델을 잡아먹을 듯이 들여다보고 있었다.

더욱 슬림하고 더욱 갸름하게! 부드러운 턱 라인 완성!

비포(Before)와 에프터(After)가 확실히 다른, 결과로
말하는 ○○성형외과!

봉화의 어깨너머로 한 성형외과의 광고 문구가 보였
다.

"부럽다, 정말…… 현정아! 나도 성형 수술 하면 저 여
자처럼 될 수 있을까?"

봉화가 한숨을 내쉬었다.

봉화야, 너 정말 나한테 대답을 바라고 물은 건 아니
지? 하마터면 봉화 넌 견적이 너무 많이 나올 것 같아, 라
는 말이 나올 뻔했다. 다행히 봉화는 내가 대답할 틈을
주지 않았다.

"난 정말 이 튀어나온 광대뼈 좀 깎아 버리고 싶어. 현
정이 넌 모르지? 광대뼈 튀어나오면 얼마나 보기 흉한
지. 겨울에 바람 좀 많이 부는 날이면 광대뼈만 새빨개진
다니까. 아까도 남자애들이 쳐다보는데 내 광대뼈만 보
는 것 같아서 얼굴도 못 들겠더라니까. 난 길 가는 사람

들이 다들 내 광대뼈만 쳐다보는 것 같아⋯⋯."

그러니까 봉화는 단지 남자애들 앞이라서 부끄러워한 게 아니었다. 튀어나와도 너무 튀어나온 광대뼈가 신경 쓰여서 얼굴을 못 들었던 거다. 봉화가 광대뼈에 이 정도로 콤플렉스를 느끼고 있었다니!

"현정아! 나 광대뼈 조금만 깎고, 쌍꺼풀 수술이랑 앞트임 조금 하고, 양악 수술로 저 여자처럼 턱만 조금 깎으면 진짜 예쁠 것 같지 않니? 너무 티 나게 많이 건들지는 않고 조금만 손대면 괜찮을 것 같은데?"

봉화가 반짝반짝 두 눈을 빛내며 내 대답을 기다렸다.

봉화야! 너 대체 나한테 왜 이러는 거야? 무슨 대답을 기대하는 거니? 내 입에서 정말 무슨 말이 나오기를 원하는 거야! 네가 재벌 딸이야? 수술 비용은 어떻게 감당할 거야? 네 말대로라면 네 얼굴의 거의 전부를 다 뜯어고치는 수준이잖아! 뭐가 너무 티 나게는 말고 조금이라는 거야? 수많은 말들이 입 밖으로 뛰쳐나오려고 아우성을 쳐댔다. 그러나 이런 나의 속타는 아우성도 봉화의 이글거리는 눈빛 앞에서는 아무런 힘을 쓰지 못했다.

"그, 그, 그런가?"

내 대답에 봉화는 아까 전보다도 더 신이 나서 만약 성형 수술을 하면 어디를 어떻게 고칠 것인지, 상세히 설명하기 시작했다. 쌍꺼풀 수술만으로도 인상이 확 달라질 수 있어서 쌍꺼풀 수술을 가장 먼저 하는 경우가 많지만 그만큼 재수술을 많이 하기도 한다, 세련된 눈매를 완성하려면 무엇보다도 비율이 중요하다, 그래서 쌍꺼풀 수술보다는 얼굴 전체 윤곽을 먼저 잡아야 한다, 그러니까 자기는 양악 수술과 턱 시술을 먼저하고 그 다음으로는 코 수술, 마지막으로 쌍꺼풀 수술을 할 거라고, 성형 수술 계획에 대해 자세히 설명했다.

봉화의 성형 수술 계획은 잘 모르는 내가 듣기에도 무척이나 논리적이고 체계적이었다. 게다가 봉화는 각 부위별 수술에 대한 세부 사항까지 상세히 꿰뚫고 있었다. 눈앞에 자료집이 있어서 보고 읽는다 해도 이보다 더 상세히 설명할 수 없을 정도로 봉화는 각종 성형 수술에 대해 잘 알고 있었다. 그만큼 관심이 많다는 얘기였다. 그만큼 오랜 시간 성형 수술에 대해 깊이 생각해 왔다는 얘기였다.

그러니까 봉화 너, 실은 그 정도로 네 얼굴이 싫어서 다 뜯어고치고 싶은 거야? 그 정도로 네 얼굴에 대한 콤플렉스가 심한 거니?

밝아도 너무 밝아서 걱정이라든가 우울같은 감정과는 전혀 상관없어 보였던 봉화에게서 쾌활함이라는 가면이 벗겨지고, 그 속에 숨겨져 있던 봉화의 진짜 얼굴이 내 앞에 모습을 드러낸 것만 같았다.

끼이이익.

우리 앞에 버스가 한 대 와서 섰다.

"앗, 버스 왔다!"

봉화가 벌떡 일어섰다. 내가 잘 가라는 인사도 하기 전에 봉화는 버스에 뛰어올라 탔다.

"아무튼 우리가 미애보다는 더 잘해야 한다고! 연극에서 제일 중요한 건 외모보다 연기력이라는 걸 보여 주자! 알았지? 파이팅!"

봉화는 내게 파이팅을 외치고는 서둘러 빈자리로 뛰어가 앉았다. 자리에 앉자마자 차창 밖의 나를 향해 호들갑스럽게 손을 흔들어 보이는 봉화가 내 눈에는 어쩐지 슬퍼 보여서 나도 봉화에게 열심히 손을 흔들어 줬다.

*

"오! 영원한 사랑의 맹세를 내던져 버린 자여! 어휴…… 뭐가 이렇게 이상해? 애들 앞에서 이걸 하라구?"

집에 돌아와 저녁 내내 대본을 펼쳐 놓고 연습했다. 명랑이가 말한 클라이맥스 부분을 몇 번이나 해봤지만 이상했다. 너무 이상했다. 감정이 잡히지 않았다. 그냥 국어책을 읽어도 내 어설픈 연기보다는 나을 듯했다.

"생명이 붙어 있는 한, 매일 함께 눈을 뜨고 함께 숨을 쉬겠다던 사랑의 맹세는 어디로 떠나갔는가? 오! 영원한 사랑의 맹세를 저버린 자여! 오! 이럴 수가! 오! 집어

치울까?"

책상에 놓인 대본 위에 머리를 박았다. 대본 대신 내 머리를 마구마구 쥐어뜯었다.

어쩜, 어쩜! 나 왜 이렇게 못하는 거야? 이런 걸 연기라고 할 수 있을까? 연극에서 제일 중요한 건 외모보다 연기력이라는 걸 보여 주자구? 이 실력으로? 정말 이제라도 그만두는 게 낫지 않을까? 내가 과연 연기라는 걸 할 수 있을까? 게다가 오디션이라니!

이러면 마치 무슨 뾰족한 수가 생기기라도 할 것처럼 애꿎은 머리카락만 쥐어뜯고 있는데, 책상 위에 올려 둔 탁상 거울이 나를 봤다. 아니, 거울 속에 내가 나를 봤다.

헝클어진 머리에 구겨진 인상, 벌겋게 충혈된 눈. 정말이지 괴물 같은 얼굴의 여자애가 나를 노려보고 있었다.

뭐야, 지금 이거 정말 나야?

탁상 거울을 들어올렸다. 거울 표면에 코를 바짝 들이댔다.

자세히 보니…… 더 못생겼다.

"왜 이렇게 못생긴 거야!"

정말이지 울고 싶었다. 대본 연습을 하다 말고 거울을 보니, 점점 더 자신이 없어졌다. 연습 같은 거 해 봤자 아무 소용없을 것만 같았다.

어차피 난 너무 못생겼으니까!

내 코는 왜 옆으로 큰 걸까? 왜 이렇게 펑퍼짐한 건지……. 그리고 이 앞니! 이 거지 같은 토끼 이빨! 온딘 같은 요정은커녕 당근이나 안 던져 주면 다행이지! 제발 이 앞니만이라도 어떻게 줄일 수 없을까? 봉화는 광대뼈도 깎고 쌍꺼풀 수술도 하고 양악 수술도 하고 사각턱도 깎겠다고 하는데, 나는 이 앞니만 줄여도 훨씬 낫지 않을까?

탁상 거울을 바짝 끌어당기고 내 얼굴을 더 자세히 들여다봤다. 다른 데는 안 보이고 자꾸 앞니만 눈에 들어왔다.

내 앞니는 대체 왜 이렇게 큰 거야? 내가 토끼야, 뭐야!

잊고 있었는데, 아니 잊으려고 그렇게 노력했는데 아픈 기억이 또 스멀스멀 떠오르기 시작했다.

초등학교 4학년 때였다. 쉬는 시간에 여자애들과 떠들

고 있는데 갑자기 내 앞에 앉아 있던 여자애가 "윤현정, 너 앞니 엄청 크다!"라며 깔깔거렸다. 주위 애들도 토끼 앞니랑 똑같다며 같이 웃기 시작했고, 당황한 나는 얼른 손으로 입을 가렸다. 그때부터 사람이 많은 데서 말을 할 때면 자꾸 손으로 입을 가리게 되었다. 나도 모르는 사이에 입술이 크게 벌어지고 숨겨져 있던 내 앞니가 드러날까 봐. 누군가 또 윤현정 앞니 엄청 크다고 놀리며 깔깔거릴까 봐.

안 보려고 해도 자꾸 눈에 띄는 앞니를 보고 있으려니 봉화 생각이 났다. 봉화는 사람들이 다들 자기 광대뼈만 쳐다보는 것 같다고 했다. 나처럼 봉화도 광대뼈 때문에 놀림이라도 당했던 걸까? 너 광대뼈 엄청 튀어나왔다, 라는 소리를 듣게 될까 봐 모르는 사람들 앞에서는 고개도 들지 못하게 된 걸까? 대체 어떤 애들이 봉화를 놀려 댄 걸까? 내가 알면 가만두지 않을 텐데…….

광대뼈 같은 걸로 놀려대는 아이들이라면 어차피 좋은 친구도 아니다. 그러고 보면 내 기억 속 여자애들도 좋은 친구는 아니었던 거다. 좋은 친구라면 앞니 같은 걸로 놀려대며 웃지는 않았을 테니까. 그런데 난 왜 이름도 기억나지 않는 애들 때문에 지금까지 주눅이 들어 있는 걸까?

그래, 맞아! 내 앞니가 뭐가 어때서? 입만 크게 안 벌리면 평상시엔 잘 보이지도 않잖아?

나는 다시 탁상 거울을 들여다봤다. 입을 다물고 입꼬리를 위로 올리며 빙그레 미소를 지어 봤다. 그러자 펑퍼짐한 코가 눈에 들어오기 시작했다. 앞니는 가려졌지만 콧구멍이 엄청나게 커 보이는 것이었다!

"난 왜 이렇게 못생긴 거야!"

더 이상 들여다보고 있다가는 비명을 지르고 말 것 같았다. 나는 탄식하며 탁상 거울을 책상 위에 엎어 두었다.

"오! 영원한 사랑의 맹세를 내던져 버린 자여! 오! 나의 이 못생김을 어찌하오리까!"

제7장

단 하루만이라도
예쁜 애로 살아 보고 싶어!

교실은 온통 오디션 애기로 술렁거렸다. 과연 누가 〈물의 요정 온딘〉의 여주인공이 될 것인가? 쉬는 시간이면 아이들은 삼삼오오 모여 앉아 오디션 이야기로 꽃을 피웠다.

"당연히 미애가 되겠지?"

"미애야 아무래도 예쁘니까 온딘 역에 잘 어울리기는 하지. 그래도 오디션은 실력으로 겨뤄야 하는 거 아니야?"

"봉화랑 현정이가 그 정도로 연기를 잘해?"

"미애의 미모를 이길 수 있는 연기력? 그 정도면 배우

아니야?"

"야, 예쁘다고 연기 못할 건 또 뭐냐? 미애가 연기까지 잘할 수도 있지."

"현정이는 원래 부끄럼 많지 않았어? 꿈이 배우인가?"

듣지 않으려고 해도 아이들 말소리가 자꾸만 들려왔다. 귀에 거슬렸지만 그때마다 쫓아가 제발 내 얘기는 빼줘! 라고 화를 낼 수도 없었다. 그랬다가는 남자애들 뿐만 아니라 여자애들까지 상대해야 하니까.

그랬다. 반 아이들을 전부 신경써야 할 만큼 나는 주목받아 버렸다. 쉬는 시간이 되어 오디션 이야기를 할 때마다 아이들은 미애와 봉화를 쳐다봤고 가끔 나에게도 시선을 줬다. 아이들의 눈빛은 나에 대한 호기심으로 반짝거렸다. 눈이라도 마주쳤다가는 당장 쫓아와 질문을 퍼부어댈 게 뻔했다. 아이들과 눈도 마주치고 싶지 않아서 쉬는 시간이면 자리에 엎드려 자는 척을 했다.

"야, 윤현정! 안 자는 거 다 알거든? 좀 일어나 봐. 너 언제부터 연기에 관심 있었냐?"

옆자리 이태양이 내 옆구리를 쿡쿡 찔렀다. 하는 수 없이 얼굴을 들었더니, 내 눈앞에 별이 빛나고 있었다. 호기심으로 반짝반짝 빛나는 이태양의 두 눈이.

이태양은 숨소리가 느껴질 만큼 바짝 얼굴을 들이댔다. 혹시 현정이 네 꿈이 연기자였냐, 연기를 배워 본 적은 있는 거냐, 그렇게 연기에 관심이 있었으면서 왜 연극부에 들지 않았느냐…… 귀찮을 만큼 질문을 퍼부었다.

반 아이들을 상대하지 않으려고 엎드려 자는 척까지 했는데 이태양한테까지 시달려야 한다니!

"됐거든! 제발 신경 꺼!"

나는 빽 소리를 질렀다.

"야! 난 그, 그냥……."

이태양이 당황한 얼굴로 말을 더듬었다.

"그냥 뭐? 한마디도 하지 마! 그냥 나 좀 내버려두라고!"

내가 생각해도 너무 심하다 싶을 정도로 이태양한테 짜증을 냈다. 이런 내가 싫어서 그냥…… 그냥 화장실로 도망쳐 버렸다.

결국 학교가 끝날 때까지 쉬는 시간만 되면 화장실로 도망쳐야 했다.

종례가 끝나고 이태양은 가방을 챙기며 무언가 할 말이 있다는 표정으로 나를 쳐다봤다. 나는 눈을 마주치지 않으려고 딴청을 부렸다.

미안해⋯⋯. 괜히 너한테 짜증을 부렸어, 라고 사과하고 싶었지만 입속에서만 맴돌 뿐 미안하다는 말은 쉽게 나오지 않았다.

중학교에 입학해 이태양이 내 옆자리에 앉게 됐고, 수행 평가를 여러 번 같이 하면서 무척 친해졌다. 같은 모둠에서 꿈 찾아 주기 수행 평가를 함께 했을 때는 조장이었던 이태양에게 이것저것 고민 상담까지 했다.

어쩌면 이태양은 단순한 호기심이 아니라 내 일에 진심으로 관심을 가져 준 건지도 모른다. 그런데 나는? 나는 이태양에게 짜증만 부렸다. 확실히 잘못한 쪽은 나다. 그런데도 나는 이태양이 황영웅과 함께 교실을 빠져나가 버릴 때까지 사과를 하지 못했다.

도대체 나는 왜 이렇게 못난 거냐고!

*

"명랑이도 같이 가면 좋을 텐데."

교문을 나오며 미애가 아쉬운 듯 도서관으로 뛰어가는 명랑이를 바라봤다. 학교 끝나고 다 같이 사거리에 있는 아이러브영으로 한정판 립스틱을 사러 가기로 했는데 명랑이만 빠졌다. 대본을 수정할 때 필요한 책들을 찾아봐야 한다고 했다. 어제와 같은 핑계였다.

"할 수 없지 뭐. 배역 정해질 때까지 대본 수정을 끝내야 된다잖아."

나는 멀어지는 명랑이의 뒷모습을 보며 서운한 마음을 감추고 미애를 달랬다.

"그래, 포기해. 어제도 현정이랑 내가 한 시간만 놀다 가자고 얼마나 꼬셨는데? 내 애교도 안 통하더라니까. 우리보다 대본이 중요한가 봐."

봉화도 잔뜩 찌푸린 인상으로 툴툴거렸다.

"됐어! 우리끼리 가자구! 명랑이는 작가잖아! 화장품 안 사도 돼. 오늘은 우리 배우들끼리?"

봉화는 언제 언짢은 표정을 지었느냐는 듯이 깔깔거리더니, 나와 미애의 팔짱을 꼈다.

"어휴, 야! 배우는 무슨! 봉화 너 진짜 못 말려!"

배우라는 말은 우리한테는 무리야, 라면서도 미애 역시 신이 나 있었다. 연극 무대에 오르게 됐으면 우리도 배우지 왜 배우가 아니냐면서 봉화가 랩을 하듯 "우리는 배우, 여배우, 우리는 여주인공"이라며 어깨를 흔들어댔다. 미애 역시 박자를 맞추며 어깨를 흔들기 시작했다. 덩달아 나도 봉화의 랩에 박자를 맞추며 걸어갔다.

"우와! 저 애 진짜 이쁜데?"

사거리를 향해 걷는데 어디선가 감탄의 소리가 들려왔다. 미애가 어깨로 흘러내린 머리카락을 귀 뒤로 쓸어넘겼다. 동시에 여기저기서 다시 감탄사가 들려왔다.

"저기요!"

골목 모퉁이를 돌아 대로변으로 나서는데 뒤쪽에서 거친 숨소리가 들렸다. 숨이 찰 정도로 빨리 달려왔는지 낯선 남자애가 허리를 굽힌 채 '휴우!' 하고 크게 숨을 내쉬고 있었다. 이마에 땀방울까지 맺혀있었다. 처음 보는 남자애였다.

"네? 저요?"

봉화가 오른발을 왼발 앞으로 뻗은 채 잔뜩 허리를 비틀고 서서 낯선 남자애에게 물었다.

설마 봉화 너, 지금 네 모습이 지난번처럼 온딘과 비슷하다고 생각하는 건 아니겠지?

내가 이상할 정도로 뒤틀린 봉화의 허리를 바라보며 불안해하고 있는데, 낯선 남자애는 봉화 말에는 대꾸도 하지 않았다. 봉화한테는 눈길 한 번 주지 않고 곧장 미애한테 휴대폰을 내밀었다.

"전화번호 좀……."

그 순간, 뒤에서 '우와와! 대단하다!'라는 함성이 터져 나왔다. 남자애의 친구들인 듯했다.

"제 전화번호는 왜요?"

미애가 날카롭게 쏘아붙였다. 갑자기 낯선 사람이 쫓아와 전화번호를 묻는데도 놀라지 않았다.

"너무 예뻐서요."

남자애가 머리를 긁적거리며 히죽 웃었다. 나도 모르게 얼굴이 붉어졌다. 예쁘다는 말은 미애가 들었는데 괜히 내가 부끄러워졌다. 길에서 고백을 받다니! 나로서는 상상도 할 수 없는 일이다. 나와는 달리 미애는 이런 일은 매일 있는 일이라는 듯이 태연했다.

"모르는 사람한테 전화번호를 어떻게 알려 줘요? 가자, 얘들아!"

미애는 쌀쌀맞게 거절하며 봉화와 내 팔짱을 꼈다. 당황한 나는 미애 보폭에 맞춰 걸음을 빨리했다.

"어머머, 저 남자애 진짜 뭐니? 미애 네가 예쁜 건 예쁜 거고 전화번호는 전화번호지. 예쁘면 전화번호를 알려 줘야 돼? 진짜 웃겨! 집에 갈 때마다 진짜 웬일이니?"

봉화도 걸음을 빨리하며 투덜거렸다.

"진짜? 미애랑 집에 갈 때마다 남자애들이 쫓아와?"

내가 묻자 미애가 짜증과 잘난 척이 반씩 섞인 투로 대답했다.

"그러니까. 매일 한두 번은 꼭 이래. 선글라스라도 쓰고 다녀야 하나?"

말은 그렇게 하면서도 미애가 아직 우리 뒤를 쫓는 남자애들을 의식하는 게 느껴졌다. 미애는 입가에 미소를 지은 채 그 어느 때보다도 사뿐사뿐 걸으며 머리카락을 슬며시 귀 뒤로 넘겼다. 어떤 표정을 하고 어떻게 걷고 어떻게 손동작을 하면 자신이 더 예뻐 보이는지 정확히 아는 사람의 모습이었다.

쳇, 속으로는 좋으면서……

나는 불만을 입속으로 집어삼키며 미애를 살짝 노려봤다. 순간 미애 옆에서 걷고 있는 봉화의 얼굴이 보였다. 봉화 역시 미애 옆모습을 훔쳐보며 입을 삐죽거리고 있었다.

뒤따라오던 남자애들의 말소리가 잦아들 즈음에 아이

러브영 간판이 나타났다. 우리가 매장 안으로 들어가자 남자애들도 따라 들어왔다. 미애는 남자애들 무리가 자신을 따라왔다는 걸 알면서도 시치미 뚝 떼고는 곧장 진열대 앞으로 갔다.

"봉화야! 저번에 내가 말했던 틴트 있었지? 한정판 레드!"

미애가 신상품 코너에 진열되어 있는 붉은색 계열의 틴트 하나를 집어 들었다.

"발라 봐야지! 현정아, 너도 빨리 발라 봐!"

"예쁜 건 당연히 내가 먼저 해 봐야지잉!"

봉화가 호들갑을 떨며 미애 옆에 가서 섰다. 거울 앞에 둘이 딱 붙어 서서 미애 한 번, 봉화 한 번 서로 돌아가며 같은 색 틴트를 입술에 발랐다.

"너무 튈까?"

미애가 틴트 바른 입술을 앞으로 쭈욱 내밀며 내 쪽으로 돌아섰다. 미애 입술 위에 빨간 장미꽃 한 송이가 활짝 핀 듯했다. 빨간 틴트 덕분에 미애의 하얀 얼굴이 더 돋보였다.

너무 예쁘다…… 라고, 생각은 내가 했는데 감탄사는 내 뒤쪽에서 터져 나왔다. 전화번호를 달라고 했던 남자애가 입을 헤 벌린 채 감탄하고 있었다.

"어머머, 쟤 진짜 뭐니! 미애야, 다른 데로 가자!"

봉화가 미애와 나를 잡아끌었다.

"아이, 잠깐만. 이것 좀 내려놓고."

미애는 우리만 있을 때는 절대로 보여 주지 않는 애교를 부리며 틴트를 제자리에 도로 내려놓았다. 그러고는 그 남자애를 은근슬쩍 한번 쳐다보고는 우리를 향해 돌아섰다. 돌아서며 그 애를 향해 미소도 살짝 지은 것 같은데 너무 순식간에 벌어진 일이라 긴가민가했다.

아무튼 나는 한정판 틴트를 발라 보지도 못한 채 봉화한테 잡혀서 아이섀도 코너로 끌려갔다.

"와! 이 색깔 너무 예쁘다. 이거 정말 사고 싶다. 내가 눈두덩이에 살이 좀 많잖아. 핑크를 잘못 바르면 눈이 더 부어 보이거든. 근데 이 색깔은 핑크여도 괜찮지 않니?"

봉화가 제 얼굴을 내게 바짝 들이밀었다. 핑크색 아이

새도를 진하게 펴 바른 눈덩이는 정말, 정말 이상했다. 게다가 아까 바른 빨간색 틴트 때문에 부담스럽게 도드라져 보이는 입술까지!

봉화야, 괜찮다는 말은 도저히 무리야! 라고 생각하는데 여기저기서 푸흡, 푸하하, 웃음소리가 들려왔다.

"어때? 괜찮아?"

봉화가 대답을 재촉했다. 봉화한테는 이 웃음소리가 들리지 않는 걸까?

"예뻐, 예뻐! 봉화 너한테 정말 잘 어울린다. 그거 사!"

미애가 칭찬을 퍼부었다.

뭐라고? 미애야, 너 혹시 시력이 나쁜 거 아니니? 이 아이새도가 봉화한테 어울린다고? 거짓말이야 뭐야?

나는 놀란 눈으로 미애를 쳐다봤다. 그러나 미애는 핑크빛 아이새도를 펴 바른 봉화에게 반하기라도 한 것처럼 예쁘다, 어울린다는 칭찬 세례를 퍼부었다. 심지어 마음 변하기 전에 빨리 사라면서 봉화 손에 핑크색 아이새도를 쥐어 주었다. 그러고는 봉화가 발랐던 아이새도를 자기도 펴 바르는 것이었다.

뭘까? 혹시 미애가 봉화를 경쟁 상대로 생각하는 건가? 그래서 일부러 봉화를 더 못생겨 보이게 만들려는 계획인가? 아니야, 그건 절대 아닐 거야. 그렇다면 왜? 미애는 대체 왜 봉화한테 어울리지도 않는 화장품을 사라고 하는 거지? 왜 봉화를 지금보다 훨씬 더 못생기게 만들려는 걸까? 도대체 왜?

머릿속이 복잡해지기 시작했다.

그러거나 말거나 내 맘을 전혀 알 리 없는 봉화는 벌써 아이새도를 들고 계산대로 뛰어가 버렸다.

"현정아, 네가 보기엔 어때?"

미애가 봉화와 똑같은 색의 아이새도를 바르고 미소 지었다.

"우와, 진짜 예쁘다!"

생각할 겨를도 없이 내 입에서 감탄사가 터져 나왔다. 똑같은 화장품으로 화장을 했는데 봉화와는 달라도 너무 달랐다. 미애의 하얀 얼굴 위로 화사한 벚꽃이 핀 듯했다. 좀 전에 발랐던 틴트의 붉은색까지 더해져 미애는 그 어느 때보다도 예뻐 보였다.

"혹시 학생, 우리 매장에서 아르바이트할 생각 없니?"

중년의 아주머니가 걸어와 미애 앞에 섰다. 아이러브영의 사장님이었다.

"학생처럼 예쁜 친구가 우리 매장에서 일해 주면 정말 좋겠는데. 할 생각 있니?"

사장님은 진지했다.

"네? 저 중학생인데요?"

미애가 고개를 갸웃거렸다. 그저 고개를 살짝 흔들었을 뿐인데 새침한 그 모습마저 정말 예뻐 보였다.

"학생은 어쩜 이렇게 예쁘니? 우리 매장에 있는 화장품 다 발라 봐 주고 싶다, 진짜! 요새는 중학생도 부모님 허락만 받으면 아르바이트 정도는 할 수 있어. 학생처럼 예쁜 친구가 여기서 일해 주면 우리 매장 매출이 늘 것 같아서 그래."

"죄송해요. 저희 부모님은 제가 아르바이트하는 거 싫

어하셔서⋯⋯."

미애가 말끝을 흐리며 거절하자 사장님은 눈에 띄게 실망하는 모습이었다.

"부모님 허락도 그렇지만, 전 제가 발라 보지 않은 제품은 다른 사람한테 추천을 못 하는 편이라⋯⋯. 여기 있는 제품들을 제가 사용해 보지 못 해서⋯⋯."

미애가 아쉬운 듯 매장 안을 둘러봤다.

"그래? 그럼 먼저 우리 제품들 좀 써 봐."

사장님이 반색하며 미애를 계산대로 데려갔다. 미애가 아르바이트를 하겠다고 대답한 것도 아닌데 약속을 받기라도 한 것처럼 들떠 있었다.

"잘 생각해 봐, 알았지? 이건 내가 주는 선물이야!"

사장님은 비비 크림이며 클린징 제품 등 여러 샘플이 가득 든 종이가방을 미애에게 건넸다.

"뭐야, 뭐야, 뭐야! 사장님, 저는 왜 안 주세요? 전 이 틴트랑 아이섀도까지 샀잖아요! 아잉, 사장님! 저도 주세용!"

봉화가 애교를 부렸다. 그러자 사장님은 흠칫 놀라더니 바빠서 가 봐야 한다며 서둘러 매장을 빠져나갔다.

"뭐야? 왜 나는 안 주는데? 난 돈 내고 이 매장에서 화장품까지 샀는데 왜 나는 안 주냐고? 왜 미애 너만 주는데?"

봉화는 사장님 모습이 안 보일 때까지 투덜거렸다. 그때 봉화 뒤쪽에서 누군가 불쑥 앞으로 걸어 나왔다. 사거리에서부터 뒤쫓아왔던 남자애였다.

"저 이거! 아까 진짜 예뻤거든요."

낯선 남자애는 미애가 발랐던 틴트와 아이섀도를 들고 있었다. 이미 계산까지 끝냈는지 영수증까지 미애에게 덥석 건네주고는 후다닥 출입문 쪽으로 뛰어갔다.

"그 교복, 나무중학교 맞죠? 영수증 밑에 제 전번 적어놨어요!"

남자애는 미애가 거절할 틈도 주지 않고 그대로 사라져 버렸다.

"와, 선물까지!"

"전화번호까지 준 건 신의 한 수다. 인정!"

"대단하다. 나도 따라 해 볼까?"

여기저기서 이제 막 변성기가 시작된 걸걸한 목소리가 들려왔다. 그 애의 친구들이 저마다 한마디씩 해대며 뒤따라 나갔다. 그렇게 한바탕 난리법석을 떨고 난 후에야 매장 안은 조용해졌다.

"휴우, 어떡하지?"

미애가 오른손엔 아이러브영 사장님이 준 종이가방을, 왼손에는 남자애가 준 화장품을 들고 어깨를 으쓱했다. 난감해하는 것 같기도 하고 좋아하는 것 같기도 했다. 그런 미애를 앞에 두고 봉화가 낮게 탄식했다.

"아, 단 하루만이라도 예쁜 애로 살아 보고 싶어!"

제8장 절대로 예쁠 리가 없잖아!

아침부터 교실은 킥킥거리는 웃음소리로 술렁거렸다.

"거울은 왜 보는 거야?"

"미쳤다!"

"화장까지 했는데 안 예쁜 애도 있다니!"

누구라고 이름을 들먹거리진 않았지만 뻔했다. 봉화 얘기였다. 남자애들 몇몇이 봉화를 힐끔거리며 쑥덕거렸다. 혹시나 봉화가 그애들 얘기를 들은 건 아닌지 내가 괜히 불안해졌다. 가뜩이나 툭 튀어나온 광대뼈 때문에 속상해하는 봉화가 상처를 받을까 봐 조마조마했다.

차라리 내가 말해줄까? 지금이라도 화장을 지우라고?

나는 봉화를 쳐다보며 고민했다. 봉화는 열심히 거울을 들여다보고 있었다. 어제 아이러브영에서 샀던 핑크색 아이섀도와 빨간색 틴트를 책상 위에 올려놓고 화장을 고치고 있었다. 분명 집에서부터 살짝 화장을 하고 왔을 것이다. 차라리 아침에 옅게 칠했던 정도로 놔뒀으면 좋으련만 봉화는 화장 위에 아이섀도와 틴트를 계속해서 덧칠해댔다. 눈두덩이 위에 핑크색 아이섀도를 덧바를 때마다 봉화의 눈은 더욱더 부어 보였고, 빨간색 틴트를 덧칠할 때마다 봉화의 입술은 더욱더 두꺼워 보였다.

"미애야, 나 어때?"

드디어 봉화가 거울에서 눈을 떼고는 뒷자리에 앉은 미애를 돌아보며 씨익 웃었다. 멀찍이 떨어진 자리에 있는 내가 헉, 하고 놀랄 만큼 흉했다. 괴기스럽기까지 했다. 영화 《배트맨》의 악당 캐릭터인 조커가 스크린을 뚫고 현실로 튀어나온 것만 같았다. 교실 뒤쪽에서 들려오던 말소리가 뚝 끊겼다. 봉화를 힐끔거리며 쑥덕거리던 남자애들도 이 순간만큼은 너무 놀라 말을 잇지 못했다.

그런데도 미애는 엄청난 소리를 지껄였다.

"와, 예쁘다! 그런데 봉화야, 화장한 게 너무 티 나. 선생님 들어오시면 혼날 것 같은데?"

"진짜? 호호호, 티 나게 예쁘단 말이지?"

봉화는 미애의 말을 전혀 다르게, 아주 엉뚱하게 해석해 버리고는 만족한 듯 웃어댔다. 그러다 미애가 너무 티가 나니 화장을 조금 지우라고 하자 다시 또 엉뚱한 말을 늘어놓았다.

"화장 살짝 했을 뿐인데 이렇게 예뻐졌으니 당연히 선생님이 혼내시겠지. 그러니까 질투? 그럼 조금 지워 볼까?"

호호호 웃어대며, 봉화는 아쉽지만 어쩔 수 없다는 듯 화장솜으로 눈과 입술을 닦아 냈다. 봉화의 등 뒤에서 미애가 휴우, 안도의 한숨을 내쉬는 것이 보였다.

미애한테 저런 배려심이 있었다니!

내가 아는 미애는 할 말은 제대로 하는 애였다. 화장이 너무 이상하니까 빨리 지우라고 대놓고 말할 수도 있었을 텐데 미애는 봉화가 상처받지 않게 돌려서 말했다. 어쩌면 미애는 내가 생각했던 것보다 훨씬 더 봉화에게 마음을 써 주고 있는 걸지도 모른다. 봉화를 훨씬 더 못 생겨 보이게 만들려고 하는 건 아닌지, 미애를 이상한 쪽으로 의심했던 내 자신이 부끄러워졌다. 다음 쉬는 시간에 미애한테 빵이라도 하나 사 줘야겠다.

그러나 이 생각은 얼마 지나지 않아 다시 또 의혹으로 바뀌어 버렸다. 1교시가 끝나고 쉬는 시간이 되었을 때, 미애는 눈에 띄게 달라져 있었다. 어제 봉화가 산 것과 똑같은 화장품으로 화장을 하고 있었다. 핑크빛 아이섀도를 옅게 펴 바른 눈은 화사해 보였고, 빨간색 틴트를 살짝 칠한 입술은 깨물어 주고 싶을 만큼 매혹적이었다.

예쁘다, 사랑스럽다, 여신 같다는 칭찬이 미애에게만 쏟아졌다. 미애와 똑같은 화장품으로 똑같이 화장을 한 봉화는 미애와 비교돼 더욱 우스꽝스러워 보였다. 활짝 피어난 장미꽃 옆에서 시들시들 말라 가는 게발선인장 같았다. 엄마가 크게 신경써 주지 않아도 잘 자란다면서

베란다에서 키우고 있는 게발선인장이 꼭 봉화 같았다. 장미꽃처럼 빨간색 꽃을 피우긴 하지만 알아봐 주는 사람이 별로 없는 게발선인장처럼 미애와 똑같은 화장품을 바르고 있는데도 누구 하나 봉화에게 눈길을 주지 않았다.

도대체 미애는 왜 저러는 걸까? 봉화한테 잘 어울린다고 어제 그렇게 칭찬한 이유가 혹시? 혹시 지금처럼 봉화를 우습게 만들려고? 똑같이 화장을 해도 나는 이렇게 예쁠 수 있다는 사실을 확실히 비교해 보여 주려고? 설마……. 그렇게까지 하지 않아도 미애는 충분히 예쁘잖아? 우리 학교에서 미애가 제일 예쁘다는 사실은 이미 누구나 다 알고 있는데? 대체 왜 이러는 거지?

머릿속이 복잡해졌다. 물음표 하나가 또 다른 물음표들을 자꾸 불러들였고, 그러다 나중에는 이 문제를 더 생각해 볼 수도 없을 만큼 머리가 지끈거렸다.

"그런데 오디션 때 입을 의상을 따로 준비해야 하나?"

3교시 수업이 끝나고 명랑이 자리에 모여 있는데 봉화

가 얘기를 꺼냈다.

"의상? 원하는 사람은 입어도 되겠지만, 그렇게까지 준비하게?"

명랑이는 아무래도 상관없지만 아직 배역이 결정난 것은 아니니 굳이 의상을 준비할 필요는 없다고 했다. "온딘은 단 한 명이니까."라는 말을 덧붙이며.

"떨어질 때 떨어지더라도 봉화는 온딘 분위기를 팍팍 풍기고 싶댕! 선생님도 의상 얘기는 따로 안 하셨으니까 입어도 상관은 없는 거지? 얘들아, 이거 봐 봐!"

봉화가 교복 상의 안쪽에서 무언가를 꺼냈다. 사각으로 반듯하게 접은 사진이었다. 웨딩드레스를 소개하는 잡지책에서 오려 왔는지, 앞뒤로 순백의 웨딩드레스를 입은 모델들이 가득했다.

"난 이 드레스가 좋을 것 같아."

봉화가 여러 웨딩드레스들 중에 하나를 손가락 끝으로 콕 집었다. 가슴이 깊게 파이고 옷자락이 발밑으로 길게 흘러내리는 순백의 드레스였다. 이 드레스를 입은 모델을 보는 순간, "여신 같다!"는 감탄이 나올 만큼 드레스는 예뻤다. 그렇지만 가슴 바로 밑에서 허리를 꽉 조인 굵은 벨트 때문에 가슴이 풍만한 사람이 아니라면 소화하기 힘들 듯했다. 더군다나 길게 흘러내리는 드레스라 키가 큰 사람에게나 어울릴 것 같았다.

"다른 드레스들은 레이스가 너무 많아. 웨딩드레스들은 왜 하나 같이 레이스를 이렇게 치렁치렁 다는 거야? 이 드레스는 레이스 없이 자연스럽게 흘러내리는 주름만으로도 멋진 실루엣을 만들고 있잖아. 이 자연스러운 느낌! 숲속 오두막에 사는 온딘이라면 딱 이런 드레스를 입었을 것 같지 않니? 어때? 오디션이라지만 이 정도는 입어 줘야 온딘 같지 않을까?"

봉화가 또 그 온딘 같은 자세, 그러니까 오른발을 왼발 앞으로 내밀고 허리를 잔뜩 비튼 자세로 온딘 흉내를 냈다.

명랑이는 판결을 앞둔 재판관처럼 눈앞의 봉화와 잡지 책에서 오려 온 드레스를 번갈아 바라봤다. 명랑이가 콧잔등에 주름이 생길 만큼 인상을 썼다. 아무리 봐도 잘 모르겠다는 표정이었다. 그런데 미애의 입에서 엄청난 말이 튀어나왔다.

"진짜 예쁘겠다, 봉화야! 너, 이 드레스 입고 와! 진짜 여신 같을 걸? 이 모델처럼 머리에 화관까지 쓰면 더 예쁠 것 같아!"

미애는 봉화의 드레스 입은 모습이 정말 기대된다면서 박수까지 쳤다.

미애는 봉화한테 이 드레스가 진짜 어울릴 거라고 생각하는 건가? 진심으로?

미애의 뜻밖의 반응에 놀라 입을 다물지 못하는 명랑이 옆에서 나도 역시 두 눈을 크게 뜨고 봉화와 사진 속의 드레스를 번갈아 살펴봤다.

만약 봉화가 저 드레스를 입는다면? 봉화의 저 빈약한 가슴으로는 봉긋 솟아올랐다가 폭포처럼 아래로 길게 늘어져 내리며 자연스럽게 생기는 주름을 만들어내기란 무리일 거다, 분명히. 아무 굴곡 없이 그저 어깨에서 발밑까지 흘러내린 흰색의 드레스는 그야말로 포대자루다. 봉화는 분명 드레스가 아니라 포대자루를 뒤집어쓰고 나타난 거지꼴이 아닐까?

상상만으로도 컥, 숨이 막혔다. 그러나 봉화는 미애의 입에서 '여신 같을 거'라는 어처구니없는 대답이 나오자마자 당혹스러울 정도로 흥분하기 시작했다. 당장 이 드레스를 입어 봐야겠다, 사는 건 무리니까 대여를 해 봐야겠다, 이번 달 용돈으로 못 빌리면 그동안 모아 두었던 세뱃돈까지 써야겠다면서 총총총 제자리로 걸어갔다. 드레스 사진을 무슨 보물 지도라도 되는 것처럼 가슴에 소중히 품고서.

명랑이와 내가 당혹스러운 눈길로 봉화의 뒷모습을 바라보는데 큭큭, 미애 입에서 웃음소리가 흘러나왔다. 그러나 내 시선을 느끼자마자 미애는 언제 그랬냐는 듯이 시치미를 뚝 떼며 얼굴에서 곧장 웃음기를 지웠다.

미애 너, 대체 무슨 속셈이니?

묻고 싶었지만, 묻지 못했다.

그렇게 오전 수업이 모두 끝나고 점심시간이 됐다. 언

제나처럼 황영웅은 4교시가 끝나기 전부터 교실 뒷문을 쳐다보다 종소리를 듣자마자 급식실로 총알처럼 튀어 갔다.

"황영웅은 진짜 급식 먹으러 학교에 오는 게 분명해."

봉화가 황영웅의 뒷모습을 바라보며 혀를 내둘렀다.

"그러니까. 남자주인공도 빵 준다니까 하겠다잖아."

봉화와 나란히 걷던 미애도 맞장구를 쳤다.

"영웅이가 저러는 거 이유가 있지 않을까? 할머니 밥 차리기 힘드실까 봐 학교에서 많이 먹고 가는 걸지도 몰라."

명랑이는 황영웅을 감쌌다. 얼마 전에 같은 모둠에서 '꿈 찾아 주기 수행 평가'를 한 뒤로 명랑이가 부쩍 황영웅 편을 드는 것 같았다.

혹시 명랑이가 황영웅을 좋아하는 건가?

급식실로 걸어가며 명랑이 얼굴을 유심히 살폈다. 그러나 명랑이는 줄곧 대본 수정 상황만 이야기해댔고, 그 모습 어디에서도 사랑에 빠진 사람의 들뜬 모습은 찾아

볼 수 없었다.

"빨리 좀 와! 배고파 죽겠어!"

봉화가 벌써 식판을 챙겨 들고는 다급하게 손을 흔들었다. 그 바람에 명랑이가 황영웅을 좋아하는지 아닌지, 더이상 탐색할 수 없게 됐다.

뭐야? 오늘 나 왜 이러지? 아까는 미애, 지금은 명랑이? 내가 왜 다른 애들 속마음을 추측하고 있는 거냐구? 대체 왜? 몰라, 몰라, 몰라! 밥이나 먹자!

나는 세차게 고개를 내저으며 봉화 뒤로 달려가 식판을 집어들었다.

"야, 안봉화! 넌 조그만 게 밥은 왜 이렇게 많이 푸냐? 그렇게 많이 먹다가 그 작은 키에 살만 더 찐다? 미애 좀 봐. 저렇게 날씬해도 식단 관리하잖아."

봉화 앞에 서 있던 현상이가 봉화 식판을 내려다보더니 잔소리인 듯 아닌 듯한 말을 해댔다.

"됐거든. 별꼴이야!"

봉화는 현상이 보란 듯이 한 주걱 더 밥을 펐다. 그러고는 흘러넘칠 정도로 음식이 가득한 식판을 들고 빈자리로 성큼성큼 걸어갔다. 나도 식판을 들고 봉화 옆에 가서 앉는데 남자애들이 한마디씩 했다.

"미애는 샐러드만 먹나 봐."

"저렇게 자기 관리를 하니까 예쁘지!"

"안봉화 좀 봐라! 밥을 왜 저렇게 많이 가져왔어?"

"안봉화는 국도 고기만 건져 왔는데? 진짜 대단하다!"

"저렇게 먹는데 왜 키는 안 커?"

남자애들은 봉화 식판과 미애 식판을 비교하며 지나쳐 갔다.

"이것들이 진짜!"

봉화가 들고 있던 숟가락을 탕, 소리가 나게 내려놨다.

"으, 더러워! 밥풀 튀었어!"

"도망가자!"

봉화가 소리치자 남자애들은 그대로 줄행랑을 쳤다. 봉화는 입술 끝에 밥풀을 대롱대롱 매단 채 남자애들의 뒷모습을 노려보며 씩씩거렸다.

그러나 이런 일은 학교 수업이 끝날 때까지 이어졌다. 우리가 매점에서 사온 빵을 황영웅이 전부 다 먹어 치워 버렸을 때도, 나나 봉화나 명랑이 역시 빵 한 조각 못 먹었는데 현상이가 미애에게만 빵을 사다 주었을 때도 봉화는 씩씩거리며 화를 참아야 했다. 그러다 6교시 영어 시간에 미애가 문장을 읽었을 때는 아무도 웃지 않다가 똑같은 문장을 봉화가 읽자 남자애들이 킥킥거렸을 때, 봉화는 더이상은 못 참겠다는 얼굴로 남자애들을 째려보며 거친 숨을 몰아쉬었다.

여자애들도 다를 건 없었다. 아이들은 아이러브영에서 산 똑같은 화장품으로 똑같이 화장을 한 봉화와 미애를 비교했다. 비슷한 농담을 해도 미애가 하면 진짜 재미있다, 예쁜데 유머 감각까지 뛰어나다며 칭찬하고, 봉화한테는 썰렁하다며 핀잔을 줬다. 미애가 애교를 부리면 사랑스럽다, 귀엽다, 예쁘다, 상큼하다면서 환호하고, 봉화가 애교를 부리면 관두라며 손사래를 쳤다.

이게 바로 말로만 듣던 외모지상주의?

온딘 역을 하겠다고 손을 든 뒤로 나도 모르게 봉화를 지켜보게 됐는데, 봉화가 외모 때문에 차별을 받는다는 생각이 들었다.

봉화가 조금만 더 예뻤더라면 어땠을까?

봉화가 조금만 더 키가 컸더라면 어땠을까?

어쩌면 지금보다는 훨씬 더 아이들이 봉화에게 잘해 주지 않았을까?

봉화의 외모에 대한 생각은 자꾸 가지를 뻗어 나가더니 나중에는 내 외모까지 이르렀다.

그럼 나는? 혹시 나도……? 아이들이 내 앞니가 토끼 이빨 같이 생겼다는 사실을 알게 되면 옛날처럼 다시 놀림을 받게 되는 걸까? 나도 봉화처럼 미애와 비교를 당하게 되는 걸까?

나는 소스라치게 놀라며 손으로 얼른 입을 가렸다. 불안한 마음이 들기 시작하자 입에서 손을 뗄 수 없었다. 종례 시간이 될 때까지 수업 중에도, 필기를 할 때도, 아이들이랑 대화를 할 때도 자꾸 손으로 입을 가렸다.

"윤현정, 너 오늘 왜 그러냐? 왜 자꾸 말할 때마다 입을 가려?"

종례가 끝나고 가방을 챙기는데 이태양이 걱정스런 눈빛으로 내 얼굴을 살폈다.

"너, 어디 아픈 거냐? 오늘 진짜 이상하다?"

이태양이 고개를 갸웃거리며 요리조리 내 얼굴을 뜯어봤다.

"아픈 거 아니라니까!"

나는 여전히 손으로 입을 가린 채 퉁명스레 대답했다.

"야, 그럼 손 좀 치워 봐! 말하는데 왜 입을 가리냐? 보는 사람 답답하다구. 너 그거 알아? 가끔 너 크게 말할 때 앞니 살짝 삐져나오는 거? 그럴 때마다 너 무지 귀엽다?"

이태양은 환하게 웃으며 검지로 내 앞니를 가리켰다.

"뭐라구? 앞니? 내 앞니가 뭐!"

내가 생각해도 너무 심하다 싶을 만큼 큰 소리를 내고 말았다. 등뒤에서 이태양이 내 이름을 부르며 무슨 말인가를 하는 듯 했지만 뒤도 돌아보지 않았다. 한달음에 화장실로 달려갔다.

뭐라구? 말할 때 앞니 살짝 삐져나오는 게 귀엽다고?

세면대 위에 매달린 거울을 들여다봤다. 입술을 살짝 벌리자 커다란 앞니 두 개가 입술 사이로 모습을 드러냈다.

이 토끼 이빨이 귀엽다구? 내가 토끼야 뭐야? 말도 안 돼!

절대로 예쁠 리가 없잖아!

제9장 **네 매력은 뭐니?**

벌써 토요일이다. 담임 선생님이 다음주 월요일로 오디션 날짜를 정한 뒤로. 시간은 빠르게 흘러 이제 주말이 지나고 나면 월요일, 오디션 날이다!

봉화네 집으로 향하는 발걸음이 빨라졌다. 옆에서 걷고 있는 명랑이 얼굴에도 긴장감이 흘렀다.

"어떡하지? 진짜 어떡해! 이틀밖에 안 남았어! 현정아, 연습 많이 했어? 오디션 볼 장면은 정했고?"

봉화는 현관문을 열어 주면서부터 호들갑을 떨어댔다. 명랑이와 내가 신발을 채 벗기도 전에 봉화는 거실로 달려 들어가 〈물의 요정 온딘〉의 대본을 펼쳤다.

"맹세를 저버린 자여! 영원한 사랑의 맹세를 내던져버린 자여! 생명이 붙어 있는 한, 매일 함께 눈을 뜨고 함께 숨을 쉬겠다던 사랑의 맹세는 어디로 떠나갔는가? 오! 영원한 사랑의 맹세를 저버린 자여! 그대 이제 다시는 나와 함께 아침을 맞이하지 못하리라! 그대 이제 매일 밤 잠이 들면 숨쉬는 것을 잊게 되리라! 어때? 온딘 같아?"

봉화가 허공을 향해 대사를 하더니 우리를 쳐다봤다.

"내 연기 어때? 온딘 같냐니까?"

대답을 재촉하는 봉화 눈이 반짝거렸다.

온딘 같냐고? 대체 어떤 점이 온딘 같다는 거야? 지금 네 연기 어디에 온딘이 있는데? 내 눈이 잘못된 거니? 나만 모르는 거야? 그런 거니?

"그, 그러니까, 그게……."

나는 대답할 말을 찾지 못하고 명랑이를 쳐다봤다. 명랑이 얼굴에 불만이 가득했다.

"봉화야, 그런데 넌 이 장면을 왜 선택한 거야?"

명랑이가 거실 소파에 자리를 잡고 앉았다.

"엉? 왜냐니? 명랑이 너도 이 장면이 이 연극의 클라이맥스라고 하지 않았어?"

봉화가 당황하며 눈을 깜박였다.

"그러니까 작가인 내가 그렇게 말해서?"

"그, 그건 아니지만…… 현정이 너도 이 장면 고르지 않았어?"

봉화가 도움을 청하듯 나를 쳐다봤다.

"응, 그랬지 뭐."

나는 머리를 긁적이며 명랑이 옆 자리에 앉았다.

"휴우…… 너희들 모두 내가 말한 장면으로 오디션을 보기로 했다는 건 알겠어. 그런데 대체 그 이유가 뭐냐니까?"

답답한지 명랑이가 한숨을 내쉬었다. 명랑이 반응에 봉화 역시 흥이 깨져 버렸는지, 거실 바닥에 털썩 주저앉았다.

"이유? 온딘이 로렌스한테 저주를 퍼부을 때가 제일

멋있으니까? 나를 배신한 연인한테 저주를 퍼붓는 건 당연하잖아?"

봉화가 볼멘소리를 했다.

"당연하다는 건 그만큼 설득력이 있다는 거니까 좋아. 그렇지만 이 장면으로 오디션을 봤을 때 봉화 네가 과연 미애나 현정이보다 잘할 수 있을까?"

명랑이가 봉화라는 과녁에 곧장 화살을 날렸다. 명중이었다. 봉화 얼굴이 빨개졌다. 순간 내 얼굴도 덩달아 뜨거워졌다. 나 역시 똑같은 질문을 받는다면 대답하기 힘들다.

"앗, 우리 요정이 집에 있었네? 오오! 이 분들은 바로, 바로 우리 요정님의 친구들?"

현관에서 쾌활한 목소리가 우렁차게 들려왔다. 봉화 아버지였다. 밖에서 만나도 한눈에 봉화 아버지라는 걸 알 수 있을 만큼 아저씨는 봉화와 똑같았다. 쌍꺼풀 없이 가로로 길게 쪽 찢어져 있는 눈, 그 속에 분명 눈동자와 흰자위가 함께 있을 텐데도 너무 작아서 검은 눈동자 말

고는 보이지 않는, 작아도 너무 작은 눈, 흔적조차 찾아
볼 수 없을 정도로 낮은 콧대와 그 아래로 밋밋하게 이
어진 코, 그 아래로 찰흙을 버무려 붙여 놓은 것처럼 툭
튀어나와 있는 콧방울에 너무 두꺼워 기괴한 느낌마저
주는 윗입술과 마지막으로 툭 튀어나온 광대뼈까지!

그러니까 봉화는 아버지와 붕어빵이었던 거다!

"그런데 우리 요정님께서는 친구들이랑 뭐하고 있었
던 거야?"

봉화와 똑같은 얼굴의 아저씨가 싱글벙글 웃으며 다
가왔다.

"아빠 제발! 우리 연극 연습해야 된단 말이야! 아빠랑
놀아 줄 시간 없다구!"

봉화가 톡 쏘아붙였다. 그러나 봉화의 입에서 연극이
란 단어가 튀어나오자마자 아저씨의 두 눈은 사냥감을
앞에 둔 맹수의 눈처럼 빛나기 시작했다.

"연극? 오오오! 우리 요정님께서 다시 무대에? 어떤
연극인데?"

아저씨는 언제 어디서 무슨 연극을 하는 거냐, 우리 봉화는 어떤 배역을 맡게 된 거냐 등등 연극에 대해 엄청난 관심을 보였고, 마침내 명랑이 입에서 봉화가 여주인공인 온딘 역을 뽑는 오디션에 나가게 됐다는 사실이 나올 때까지 수많은 질문을 퍼부었다.

"세상에! 여주인공이라고? 우리 봉화 요정님께서 여주인공을! 아니지, 지금 내가 이러고 있을 때가 아니지. 얘들아, 잠깐만 기다려라!"

아저씨가 급히 안방으로 달려 들어갔다. 과장된 행동이라든지 엄청난 속도의 말투까지, 그야말로 봉화의 성인 남성 버전이라고나 할까?

마치 태풍이 휩쓸고 간 것처럼 정신없었다. 명랑이 역시 이 짧은 시간에 무슨 일이 벌어진 건지 정신을 못 차리고 있었다. 얼마 지나지 않아 안방에서 아저씨가 양손 가득 무언가를 들고 나왔다. 비디오테이프와 두꺼운 앨범이었다.

"너희들 혹시 봉화가 연극했던 건 알고 있니? 우리 봉화 요정님으로 말할 것 같으면 어린이집에서부터 유치원을 거쳐 초등학교 때까지 언제나 무대 위에 있었단다. 무대는 그야말로 우리 봉화의 전쟁터! 너희들 우리 요정님이 무대 위에 올라가면 얼마나 멋지게 변하는지 아니? 그래, 그래, 본 적이 없으니까 모르겠지. 이 아저씨가 그래서 준비했단다!"

아저씨는 마치 연극배우처럼 한껏 폼을 잡으며 비디오테이프를 플레이어에 집어넣었다. 거실에 들어올 때부터 눈에 띄던 오래된 비디오 플레이어의 용도를 알게 된 순간이었다.

"안녕하세요, 어린이 여러분!"

텔레비전 화면을 가득 채우며 나타난 사회자가 활짝 웃으며 손을 흔들었다. 유치원 학예회인 듯했다. 사회자가 무대에서 내려가고 노란색 체육복을 똑같이 맞춰 입은 꼬마들이 무대 위로 올라와 합창을 했다. 1절이 끝나고 간주가 시작되자 노란색 물결이 반으로 갈라지며 중앙에서 아주 작고 귀여운 여자애가 앞으로 걸어 나왔다.

등뒤에 잠자리 날개를 달고는 폴짝폴짝 점프를 하며 무대 끝에서 끝까지 날듯 뛰어다녔다.

"저 팅커벨이 우리 봉화라니까! 진짜 요정 같지 않니?"

아저씨 얼굴에 자랑스러움이 그대로 드러났다.

그러니까 저 팅커벨이 정말 봉화라고?

나도 모르게 화면 쪽으로 상체가 기울었다. 비디오 화면 속의 봉화는…… 믿을 수 없을 만큼 상큼하고 귀엽고 예쁘고…… 요정 같았다.

요정이라니? 봉화가 요정 같았다니?

놀라기는 명랑이 역시 마찬가지인 듯했다. 텔레비전 속 팅커벨을 직접 보면서도 믿을 수 없다는 듯 몇 번씩이나 눈을 비비며 다시 화면을 쳐다보고 있었다.

"우리 봉화가 어렸을 때부터 율동은 정말 남다르게 잘했지. 그래서 무용수를 시켜 볼까, 발레를 시켜 볼까, 내가 얼마나 고민을 했는데? 무용만 잘하면 내가 그렇게 고민을 안 했을 텐데 이건 또 연기까지 너무 잘하잖아? 무용수가 아니라 배우를 시켜야 하나? 지금까지도 내가 그게 참 고민이야. 우리 봉화 연기하는 것도 좀 볼래?"

아저씨는 우리한테 묻는 척만 하고는 우리가 대답을 하기도 전에 벌써 다른 비디오테이프를 플레이어에 집어넣었다.

"우리 봉화 요정님께서 저 때도 주인공을 했다니까! 저 때부터 벌써 무대에서는 빛나는 주인공이었지. 봉화야, 너도 저 연극 생각나지? 네가 토끼와 거북이에서 토끼를 했었잖아?"

아저씨는 리모컨을 조작해 곧장 봉화가 등장하는 장면을 찾아 틀었다.

"나는 토끼! 세상에서 제일 재빠른 토끼! 여러분 제가 얼마나 잘 달리는 줄 아세요?"

토끼 모자를 쓴 여자애가 토끼처럼 무대 위로 폴짝 뛰어올라 왔다. 봉화는 대사를 하면서도 제자리에서 계속해서 두 발을 재게 놀리며 달리는 시늉을 했다. 짧은 다리로 계속해서 제자리 뛰기를 하는 모습이 앙증맞았다. 여기저기서 웃음소리가 터져 나왔다. 화면 속에서 들려오던 웃음소리가 나중에는 내 옆에서도 울려 퍼졌다.

"푸흡! 아, 너무 귀엽잖아!"

명랑이가 배를 잡고 웃어댔다.

"그렇지? 너무 귀엽지? 너희들이 보기에도 너무 귀엽지 않니? 토끼와 거북이에 나오는 토끼는 정말 얄미운 캐릭터인데 우리 봉화 토끼는 너무너무 사랑스럽지 않니? 봉화가 오죽 잘했으면 이 연극을 본 사람들이 전부 토끼 얘기만 했다니까. 거북이 역을 맡은 친구가 주인공인데 우리 봉화가 너무 박수를 많이 받아서 내가 그 친구한테 얼마나 미안했는데."

아저씨는 대견해 못 견디겠다는 얼굴로 텔레비전 속의 봉화와 옆에 앉은 봉화를 번갈아 바라봤다.

"어휴, 우리 예쁜 요정님! 아빠가 늘 말했지? 낭중지추(囊中之錐)라고? 재능이 뛰어난 사람은 주머니 속에 든 송곳처럼 드러나게 마련이라고. 우리 요정님이 중학교에 올라가서도 여주인공이라니!"

아저씨는 그렇게 말하며 이제는 두꺼운 앨범을 펼쳐 보

이기 시작했다. 앨범의 첫 장에 가족사진이 들어 있었다.

엥? 저 분이 봉화 어머니? 저 남자애가 봉화 남동생?

나는 내 눈을 의심했다. 명랑이도 깜짝 놀라 소파에서 내려와 탁자 앞에 바짝 붙어 앉았다. 봉화 어머니는 미스코리아 출신이라고 해도 믿을 만큼 엄청난 미녀였다. 봉화 남동생은 어머니의 미모를 그대로 물려받아서인지 정말 아찔할 정도로 잘생긴 미남이었다.

"우와! 봉화야, 너 이렇게 잘생긴 남동생이 있다고 왜 말을 안 했어?"

명랑이가 감탄하며 봉화네 가족사진을, 더 정확히 말하면 봉화 남동생을 뚫어질 듯 들여다봤다.

"내 동생 잘생긴 걸 내가 왜 말하고 다녀야 되는데? 명랑이 너도 다른 애들처럼 네 동생은 이렇게 잘생겼는데 넌 왜 이렇게 못생겼냐는 말이 하고 싶은 거니? 명랑이 너도 내 동생이랑 내가 정말 친남매가 맞는지 확인하고 싶은 거야? 아, 진짜 짜증나! 아빠, 제발 그만하라고! 애들한테 앨범은 왜 보여 주고 난리야? 뭐가 요정이냐구!

아빠가 나한테 요정이라고 할 때마다 내가 얼마나 속상한지 아빠가 알아? 못생겼다고 놀림받는 것보다 더 듣기 싫다구! 내가 왜 봉석이랑 같이 안 다니는데? 우리 둘이 같이 다니면 만나는 사람마다 진짜 네 동생이 맞냐, 네 동생은 저렇게 잘생겼는데 넌 왜 이렇게 못생겼냐 비교해! 비교당하는 기분을 아빠가 알아? 봉석이는 엄마 닮아서 잘생겼잖아? 난 왜 아빠를 닮았냐고! 왜 봉석이만 엄마 피를 고스란히 물려받은 거냐구? 난 왜 하필 아빠를 쏙 빼닮은 거냐구! 내가 이렇게 못생긴 건 다 아빠 때문이야! 다 아빠 때문이라구!"

봉화 눈에서 눈물이 뚝뚝 떨어졌다. 참아 왔던 말이 한 번 입 밖으로 터져 나오자 봉화 자신도 멈출 방법을 모르는 듯했다.

"봉화야, 아빠는 진짜야! 아빠 눈에는 우리 봉화가 요정보다 더 예뻐. 아빠한테는 봉화 네가 세상에서 제일 예쁜 딸이라구!"

아저씨는 어떻게든 봉화를 달래 보려고 애썼다. 그러

나 아저씨가 봉화를 달래려 할수록 봉화의 숨소리는 더 거칠어져만 갔다.

"아, 진짜 이게 뭐냐구! 몰라, 몰라, 몰라!"

봉화는 더 크게 눈물을 터트리며 방으로 달려 들어갔다. 아저씨는 눈앞에서 쾅, 소리를 내며 굳게 닫혀 버린 방문을 멍하니 바라봤다. 문을 열고 들어갈 엄두도 내지 못한 채.

아저씨의 축 늘어진 어깨를 보면서 나는 아무 말도 할 수가 없었다. 자신에게는 세상에서 제일 예쁜 딸이 외모 때문에 저렇게 마음 아파하는 걸 지켜보면서 아저씨는 지금 어떤 생각을 하는 걸까? 만약 내가 커서 어른이 되고 엄마가 되어 내 딸이 외모 때문에 힘들어하는 걸 지켜보게 된다면 어떤 마음이 들까? 너무 속상해서, 너무 마음 아파서 나도 아저씨처럼 우두커니 서서 움직일 수 없을 것만 같았다.

정말 외모가 전부인 걸까? 잘 웃고 긍정적이고 매일매일 열심히 노력하며 살아간다 해도 못생긴 사람은 결국 인정받지 못하는 걸까? 수많은 장점을 갖고 있어도 못생기면 아무 소용이 없단 말이야?

굳게 닫힌 딸 아이의 방문 앞에서 한 걸음도 움직이지 못하는 아저씨의 뒷모습을 보고 있으려니 내 자신이 너무 부끄러워졌다. 나 역시 속으로 봉화의 외모를 평가하면서 봉화가 가진 수많은 장점은 보지 못하고 있었다. 나역시 나를 외모로만 평가하면서 나의 장점 같은 건 알려고도 하지 않는 사람을 만나면 속상할 것이다. 그리고 그사람을 친구로 삼기 싫을 것이다. 그런 생각을 하자 너무부끄러워서 고개를 들 수가 없었다.

"저희가 봉화한테 가 볼게요."

명랑이가 나를 잡아끌었다. 그 손에 이끌려 나는 얽히고 설킨 생각 속에서 빠져나왔다.

"내 눈에는 세상에서 제일 예쁜 딸인데…… 제일 예쁜데……."

두 손으로 얼굴을 가린 채 혼잣말을 되뇌는 아저씨를 뒤로 하고 우리는 살며시 봉화의 방문을 열었다.

봉화는 침대에 엎드려 울고 있었다. 나는 어떤 말을 해

야 할지 몰라 가만히 옆에 앉아 봉화의 어깨를 쓸어내렸
다. 손 밑에서 봉화의 떨림이 느껴졌다.

너, 이렇게나 상처받았던 거니?

손바닥을 타고 봉화의 상처가 오롯이 전해져 왔다. 내
가슴마저 먹먹해져 가는데 명랑이가 노크하듯 봉화의
어깨를 톡톡 두드렸다. 안에서 꽉 걸어 잠갔던 문을 열
듯 봉화가 슬며시 눈물이 번진 얼굴을 들었다.

"봉화야, 네 매력은 뭐니?"

제10장 난 못난이지만
내 삶은 못생기지 않았어!

명랑이 말에 봉화가 눈을 크게 떴다. 살면서 이런 말은 처음 들어 본다는 표정이었다.

"매력?"

봉화가 벌떡 일어나 앉았다.

"그래, 매력! 봉화 넌 네 매력이 뭐라고 생각하니?"

명랑이는 봉화의 마음 깊숙한 곳에 숨겨져 있는 진실을 반드시 찾아내겠다고 벼르는 사람 같았다. 봉화가 당황해서 시선을 피할 만큼 뜨거운 눈길로 봉화를 바라봤다.

"매, 매력이라니…… 그런 건 생각도 못 해 봤어……."

봉화가 말끝을 흐렸다. 내가 아는 봉화라면 어떤 주제라도 막히지 않고 술술 이야기를 풀어 나가야 했다. 설령 모르는 주제가 나왔더라도 아는 척하는 아이, 누구보다 수다스러운 아이가 바로 봉화였다. 명랑이가 던진 질문에 말을 못 잇는 봉화를 상상해 본 적조차 없었다. 봉화는 마치 길을 가다 갑자기 교통사고라도 당한 사람처럼 당황해하고 있었다. 그만큼 명랑이의 질문이 충격적이었던 거다. 나도 어리둥절하기는 마찬가지였다.

매력? 매력이라니? 내 매력은 뭐지?

그랬다. '매력'이라는 단어는 영화나 소설의 주인공들한테나 해당되는 단어였을 뿐이다. 나와는 전혀 상관없는 단어가 바로 '매력'이었다. 나 역시 '나의 매력' 같은 건 생각해 본 적이 없었다.

"매력 같은 거…… 나한테 그런 게 있을 리가 없잖아!"

봉화가 울먹이기 시작했다.

"진짜? 정말? 봉화 네가 얼마나 매력적인데!"

명랑이가 봉화 앞에 앨범을 펼쳤다.

"지금 나 놀려? 나 못생긴 건 내가 제일 잘 안다고!"

봉화가 얼굴을 잔뜩 찌푸리며 고통스런 한숨을 토해 냈다.

"봉화 넌 정말 네 매력을 모르는 구나? 나 사람 놀리는 취미 같은 거 없거든? 이걸 봐! 제발 두 눈 크게 뜨고 들여다보라고! 네가 얼마나 매력적인지!"

명랑이가 소리치며 봉화를 끌어당겼다. 그러고는 침대 한복판에 펼쳐 놓은 앨범 속 사진들을 손가락으로 가리켰다.

"네 눈엔 이 여자애가 정말 안 보이는 거야? 봐! 다 똑같이 노란색 체육복을 입었는데 이 여자애만 유독 눈에 띄잖아. 다른 애들은 전부 표정이 없는데 이 여자애만 얼굴에 표정이 살아 있잖아. 단체 사진에서 얘만 얼굴 가득 감정이 느껴지잖아. 예쁘게 보이고 싶다, 사진이 잘 나왔으면 좋겠다, 잔뜩 기대하는 유치원 꼬마의 기대와 설렘이 그냥 막 느껴지잖아!

이 사진도 그래. 이 넓은 광장에 이렇게 많은 애들이

자전거를 타고 있는데 이 여자애한테만 눈길이 가. 왜 그럴까? 옆에서 자전거를 타는 남자애보다 더 빨리 달리려고 애쓰는 게 보여. 이기고 싶어 하는 마음이 눈에 보이는 것 같아. 짜장면 먹고 있는 이 사진도 그래. 너무 맛있어 하니까 사진을 보는 나도 덩달아 짜장면이 먹고 싶어질 정도야. 어느 곳에 있어도 누구랑 있어도 시선이 가는 아이, 이 사진 속의 아이가 바로 봉화, 너라고! 너는 왜 너 자신을 사랑하지 않는데?"

명랑이가 질주하듯 긴 얘기를 끝내고 가쁜 숨을 토해냈다. 이렇게 열정적으로 이야기하는 명랑이의 모습은 처음 봤다. 그만큼 진심이 느껴졌다. 봉화도 명랑이의 진심 어린 말을 듣고 아, 하고 감탄하더니 앨범을 바짝 끌어당겼다.

봉화가 떨리는 손으로 앨범을 첫 장부터 차례대로 한 장씩 넘기기 시작했다. 그 옆에서 나도 앨범 속에 차곡차곡 들어차 있는 봉화의 사진을 함께 들여다봤다.

검은 바다 위에 자그마한 태아가 둥실 떠 있는 초음파

사진, 작고 가느다란 팔목에 안봉화라고 쓰여진 팔찌를 차고 있는 신생아 사진, 입에 공갈 젖꼭지를 문 채 천장 위에 대롱대롱 매달린 비행기 모빌을 올려다보며 두 눈을 별처럼 빛내고 있는 아기 사진, 커다란 실뭉치를 작은 손으로 움켜쥔 채 까르르 웃고 있는 돌사진, 산책 중에 찍었는지 기린이 수놓인 분홍색 우주복을 입고 유모차에 앉아 있는 사진, 거실 바닥에 배를 댄 채 바둥거리는 사진, 소파 손잡이를 붙든 채 기우뚱하게 걸음마하는 사진…….

앨범을 한 장 한 장 넘길 때마다 작은 여자아이는 조금씩 조금씩 성장하고 있었다. 걸음마를 시작하고 달리기를 하고 자전거를 타고, 유치원에 들어가 친구들과 함께 소풍을 가고, 초등학생이 되어 많은 아이들 앞에서 발표를 하고 요리도 했다. 그 아이는 울기도 하고 웃기도 하면서 서서히, 그러나 어느새 이만큼 자라나 교복을 입은 중학생이 되어 있었다.

앨범 속 사랑스런 아이가 훌쩍 커서 내 옆에 앉아 있었다. 우리 셋은 한마디도 않고 그저 앨범을 들여다봤을 뿐인데 작은 새싹이 무럭무럭 자라 마침내 예쁜 꽃을 피워낸 순간을 본 것처럼 가슴이 벅차올랐다.

앨범의 마지막 장을 넘겼을 즈음 봉화를 보니 눈시울이 붉어져 있었다.

"나…… 정말 잘 웃는 애였네……."

봉화의 눈에서 떨어진 눈물 한 방울이 앨범 위로 떨어져 내렸다.

"난…… 난 못난이지만 내 삶은 못생기지 않았어!"

앨범을 들여다보느라 고개를 푹 숙이고 있던 봉화가 눈가를 훔쳐 닦으며 얼굴을 들었다. 허리도 꼿꼿하게 세우며 당당히 외쳤다.

"최고다, 안봉화! 멋지다, 안봉화!"

명랑이가 박수를 쳤다. 나도 질세라 박수를 쳤다. 봉화 말처럼 봉화는 겉모습이 예쁘지 않을 수는 있지만 앨범 속 사진을 가득 채우고 있는 봉화의 삶은 절대로 못생기지 않았다. 나는 그 어느 때보다도 봉화의 말에 열렬히

호응했다.

"고마워. 이 앨범을 언제 봤는지 정말 생각도 안 나. 너희들 아니었으면 아마 앞으로도 안 봤을 거야. 옛날 사진 볼 때마다 봉석이는 이렇게 잘생겼는데 난 왜 이렇게 못생겼을까, 속상하기만 했거든. 어렸을 때부터 칭찬은 전부 내 동생 몫이었어. 사랑스럽다, 예쁘다, 착하다, 잘생긴 애가 착하기까지 하다, 좋은 말은 전부 봉석이가 차지했어. 내가 듣는 말은 저렇게 예쁜 엄마한테서 어떻게 저런 딸이 태어났을까, 미운 오리 새끼 같다, 따위였다고. 어렸을 때부터 잘생긴 동생이랑 자꾸 비교당하니까 자존감이 점점 낮아졌어. 남동생 탓도 아닌데 계속 짜증내고 미워하기도 했지. 나에게도 이렇게 멋진 내 삶이 있었는데…… 어렸을 땐 나도 이렇게 잘 웃는 아이였는데…… 난 왜 다른 사람들이랑 비교만 했을까?"

봉화는 긴 이야기를 풀어놓았다. 남동생과 같은 초등학교에 다니면서부터 친구들이 남동생과 자신의 외모를 비교하기 시작했고 그때부터 얼굴에 집착하게 되었다고. 그러다 초등학교 5학년 때 미애와 한 반이 되고 같이 다니면서부터는 키 크고 예쁜 미애와 자신을 끊임없이 비교하게 된 것 같다고.

"그런데 너무 웃긴 게 뭔지 알아? 미애랑 같이 다니면 내가 정말 못생긴 것 같고 미애랑 비교당하는 것 같아서 진짜 싫거든? 그런데 또 미애처럼 예쁜 애랑 친구라는 사실에 괜히 우쭐해지는 거야. 미애처럼 인기 많은 애랑 같이 다니면 나도 덩달아 잘난 애가 된 것 같은 기분이랄까? 그래서 열등감을 느끼면서도 미애 옆에 붙어다녔어. 나 스스로를 못났다고 생각하니까 예쁘고 잘난 애 옆에 붙어 있기라도 해서 내 콤플렉스를 가리려고 했나 봐."

봉화는 마치 긴 잠에서 깨어난 사람 같은 얼굴로 방 안을 둘러봤다. 책상과 책꽂이와 벽에 걸린 거울까지, 방 안의 모든 물건들을 새롭다는 듯이 바라봤다.

"아……! 나한테는 나만의 삶이 있었는데 왜 다른 사람만 부러워 했을까? 나에게도 내 삶이 있었어!"

봉화가 벌떡 일어나 힘차게 방문을 열었다. 조금 전까

지 훌쩍거리며 눈물을 흘린 사람이라고는 생각할 수 없을 만큼 박력이 넘쳤다.

"아빠, 앞으로는 나한테 요정님이라고 하지 마! 이제부턴 여신님이라고 불러요! 알았죠? 아빠 눈엔 내가 여신보다 더 예쁜 딸이잖아!"

봉화가 까르르 웃기 시작했다. 비디오테이프 속의 사랑스러운 꼬마가 화면을 뚫고 나와 내 앞에 서 있는 것만 같았다. 아저씨는 그런 봉화를 보며 "그럼요, 당연하죠! 여신님!"이라며 덩달아 웃었다.

어느새 내가 아는 봉화로 되돌아왔다. 봉화는 짧은 다리로 총총총 바쁘게 뛰어가더니 거실 탁자 위에 펼쳐져 있는 대본을 집어 들었다.

"너희들 뭐해? 빨리 와서 연습해야지!"

정말 못 말리는 봉화였다. 대체 누구 때문에 연습이 중단됐는지 까맣게 잊은 듯했다. 그렇지만 봉화가 "그래, 지금 드레스 따위가 문제가 아니라고! 난 나만의 온딘을 연기하겠어!"라며 이글이글 불타오르는 눈으로 대본을 들여다볼 때는 정말이지 깜짝 놀랄 만큼 멋져 보였다.

'그렇다면 나도 나의 온딘을 연기하고 말테닷!'

나는 투지를 불태우며 대본의 첫 장을 펼쳤다.

*

저녁으로 짜장면까지 얻어먹고서 봉화네 집을 나왔다. 벌써 어둑어둑 해가 지고 있었다. 이제 오늘과 내일, 주말을 보내고 나면 오디션이다. 연습할 시간도 얼마 남지 않았는데 나만의 매력으로 어떤 온딘을 연기할 수 있을지, 감조차 잡히지 않았다. 봉화와 함께 대본 리딩을 하면서도 머릿속으로 '나는 나만의 온딘을 연기하겠어.' 라고 여러 번 되뇌었지만 잘 되지 않았다.

어떻게 하면 온딘의 매력을 끌어낼 수 있을까?

도대체 매력이란 뭘까?

"명랑아, 매력이 뭘까?"

옆에서 걷는 명랑이에게 물었다.

"뭐? 매력? 국어사전에 다 나와 있잖아. 매력, 사람의 마음을 잡아끄는 힘! 봐, 인터넷만 검색해도 금방 나오네."

명랑이는 내 앞에 휴대폰 화면을 들이밀었다. 정말 명랑이스러웠다. 나에게는 너무 어렵고 복잡해서 끙끙 앓게 되는 일조차 명랑이에게 넘어가면 이렇게 단순명료해진다.

매력이 뭐냐고 물었더니 국어사전을 찾아주다니!

"크크, 아! 진짜 명랑이 너답다."

나는 웃음을 터트리며 명랑이 어깨를 두드렸다. 나와는 전혀 다른 생각, 전혀 다른 선택을 하는 명랑이. 이런 명랑이라면 며칠 전에 느꼈던 서운함도 나의 오해가 아니었을까?

나는 우뚝 걸음을 멈추고 덥석, 명랑이 손을 잡았다.

"있잖아, 명랑아……. 월요일에 수업 끝나고 계단에서 봉화랑 같이 오디션 얘기했을 때 말이야……."

나는 어렵게 말을 꺼냈다. 서운했다는 말을 하려던 참이니까.

"그런데?"

명랑이가 다음 말을 기다리며 허리를 폈다.

"솔직히 좀 섭섭했어. 한 시간만 놀다 가자고 하는데 네가 뿌리치고 가서. 너한테 우리보다 대본이 더 중요한 것 같았거든. 우리가 서운해하거나 말거나, 사이가 멀어지든 말든 너에게는 아무 상관없는 것처럼 보였거든."

나는 속마음을 어렵게 털어놓고 명랑이 눈치를 살폈다. 혹시라도 내 말에 명랑이가 언짢아할까 봐 불안했다.

"바보! 당연히 대본보다 너희가 중요하지."

명랑이는 정말 아무 일도 아니라는 듯이 대답하고는 다시 걸음을 옮기기 시작했다.

"혹시 우리가 너한테 섭섭하거나 삐질 거라고는 생각 안 해 봤어? 멀어질 수도 있잖아?"

"진짜, 뭐래? 우리가 뭐 그런 일로 멀어질 사이냐? 그 정도로 멀어질 사이라면 친구도 아니지."

명랑이는 별걱정을 다 한다면서 내 손을 잡아끌었다. 어서 집에 가서 대본 수정을 끝내야 한다면서 걸음을 빨리했다.

'우리가 뭐 그런 일로 멀어질 사이냐? 그 정도로 멀어질 사이라면 친구도 아니지.'

명랑이 말에 머릿속이 환해졌다. 그 단순명료한 대답에 땅거미 지는 거리조차 알전구가 켜진 듯 밝아 보였다. 내 손을 꽉 잡은 명랑이의 손은 따뜻했고, 이 손을 붙잡고 함께 걷는 동안은 아무리 어두운 길도 안심하고 걸어갈 수 있을 것만 같았다.

진짜, 윤현정 뭐래? 그 정도로 멀어질 사이라면 친구도 아니지!

나는 명랑이 손을 더 세게 움켜쥐며 소리쳤다.

"명랑아! 너 진짜 매력 있는 거 알지?"

제11장

나만의 온딘을 연기할래!

흡, 깊게 숨을 들이마셨다. 크게 심호흡을 하고 교실 문을 열었다.

"너도 미애 썼지?"

"미애가 일등인 건 당연한 거 아니야?"

"결과가 뻔한 비밀 투표였네."

"보나마나 오늘 오디션도 미애가 뽑히지 않을까?"

"말만 오디션이지. 온딘은 미애야."

반 아이들은 1학년 1반 최고 미녀를 뽑는 비밀 투표 결과에 대해 쑥덕거리고 있었다. 덧붙여 오디션을 해 봤자 어차피 온딘은 미애가 될 거라는 얘기로 열을 올리고 있었다. 오늘이 바로 오디션 보는 날이니까, 내가 바로 화제의 오디션에 나가는 지원자니까, 교실에 들어서면 아이들의 주목을 받게 될까 봐 걱정했었는데…… 아무도 내게 관심이 없었다.

뭐야, 괜히 나 혼자 긴장했네. 대체 왜 긴장한 거야?

교실 문 앞에서 비장하게 심호흡까지 했던 내 모습이 우스꽝스럽게 느껴졌다. 온통 미애 이야기로 술렁거리는 교실을 가로질러 자리에 가방을 내려놓았다. 관심받고 싶은 생각은 조금도 없었다. 그렇지만 내가 이 정도로 존재감이 없었다니! 허탈했다.

"야, 넌 준비 잘 했냐?"

자리에 앉자마자 이태양이 말을 걸어 왔다.

"뭐 그냥, 그럭저럭……."

나는 심드렁하게 말하며 연극 대본을 꺼내 책상 위에 올려놨다.

"그냥 그럭저럭? 미애랑 봉화는 의상까지 준비했다는데?"

이태양이 턱짓으로 미애와 봉화를 가리켰다.

여자아이들이 미애를 둥글게 에워싸고 있었다.

"미애야, 우리한테만 보여 주면 안 돼?"

"한 번 보여 줘~~"

"드레스야? 원피스야?"

"궁금해 죽겠다고!"

미애를 둘러싼 여자아이들이 호기심으로 눈을 빛내며 졸라댔다. 미애는 미소만 지을 뿐 준비해 온 의상을 공개하지 않았다.

"아까부터 저래. 미애가 오디션 볼 때 입을 거라고 계속 얘기하는데도 한 번만, 한 번만! 어차피 좀 있으면 보게 될 텐데 왜들 난리냐?"

이태양은 정말 이해 안 된다는 듯이 고개를 내저었다. 그런 이태양 앞에서 나도 저 애들처럼 궁금해 죽겠다는 말은 할 수 없었다. 하지만 솔직히 너무너무 궁금했다.

미애는 어떤 의상을 준비했을까?

드레스? 원피스? 평범한 교복 차림으로도 눈에 띨 만

큼 예쁜 애가 드레스까지 입으면?

예쁠 거다, 분명히.

드레스를 입은 미애 옆에서 봉화와 나는 과연 어떤 눈길을 받게 될까? 엄청 비교되겠지?

그런 생각이 들자 어쩐지 힘이 빠져 버렸다.

"야, 그런데 오늘 봉화 너무 이상하지 않냐? 다들 저렇게 미애한테 몰려가 의상 한번 보겠다고 난리인데 봉화는 신경도 안 쓰네? 봐 봐, 지금도 중얼중얼 대사만 외우잖아."

이태양 말에 나도 봉화를 쳐다봤다. 과연 봉화는 자리에 앉아 열심히 대사 연습을 하고 있었다. 그 모습에 아까보다 더 힘이 빠졌다.

봉화까지 열심히라니!

나는 나만의 온딘을 연기하겠어, 주먹을 불끈 쥐고 투지를 불태우던 봉화의 모습이 떠올랐다.

1학년 1반 최고 미녀인 미애, 어렸을 때부터 춤추고 노래하고 연기하는 걸 좋아했다는 봉화, 게다가 의상까지 준비해 온 두 사람……. 그런데 나는? 미애보다 예쁘지도 않고 봉화보다 연기를 더 잘할 자신도 없으면서 의상도 준비하지 못했다.

"어휴……."

내 입에서 한숨이 새어 나왔다.

"야, 윤현정! 왜 한숨은 쉬고 그래? 지구 멸망하겠다? 종례시간까지 아직 시간 많이 남았잖아. 자, 이거!"

이태양이 내 책상 위에 책 한 권을 올려 놨다.

"『연기자를 위한 연기 수업』?"

"한번 읽어 보면 좋을 것 같아서."

"설마 나 주려고 일부러 가져온 거야?"

"그냥, 집에 굴러다니더라고."

이태양은 별것 아니라는 투로 말했다. 그러나 귀까지 새빨개진 모습을 보자 나도 모르게 큭큭, 웃음이 나왔다.

나는 요즘 이태양에게 계속 짜증만 부렸는데 이렇게까지 신경써주다니…….

나는 이태양이 읽어 보라며 건네준 『연기자를 위한 연

기 수업』이라는 책을 만지작거리며 지금이야말로 고맙
다고, 짜증만 부려서 미안하다고 말할 타이밍이라고 생
각했다. 그런데 이태양이 '쫄지마! 넌 잘할 수 있어!'라며
격려하자 엉뚱한 말을 뱉어 버리고 말았다.

"뭐래, 너도 비밀 투표에 미애를 1등으로 써 냈으면
서?"

내가 새침하게 눈을 흘기자 이태양은 절대 아니라며
손사래를 쳤다.

"진짜 아니야? 그럼 넌 누구를 1등으로 뽑았는데?"

나는 실눈을 가늘게 뜨며 이태양 얼굴을 살폈다.

"됐어, 비밀이야! 넌 이거나 읽어, 빨리!"

이태양이 당황하며 내 시선을 피했다. 마치 좋아하는
애가 누구냐는 질문을 받기라도 한 것처럼 말이다.

1학년 1반 최고 미녀를 뽑는 비밀 투표 쪽지에 이태양
은 과연 누구를 1등으로 적어 넣었을까? 귀까지 새빨개
진 얼굴을 보니, 분명 좋아하는 여자애 이름을 쓴 게 분
명하다.

"흐음, 그렇단 말이지……."

나는 뭔가 더 캐내겠다는 생각으로 눈을 더욱 가늘게 뜨고 이태양을 뚫어져라 쳐다봤다.

"그렇긴 뭐가? 오디션 준비 안 해? 넌 빨리 이 책이나 읽으라고!"

눈이 마주치자 이태양은 눈에 띄게 당황하며 책상 위에 올려놨던 책을 내 눈앞에 들이밀었다.

"알았어, 알았다고!"

나는 큭큭 웃으며 『연기자를 위한 연기 수업』의 첫 장을 펼쳤다.

연기하지 마라! 억눌러 왔던 당신을 자유롭게 하라!

연기를 하려는 사람에게 연기하지 말라니?

첫 장을 펼치자마자 상상 밖의 문장들이 머리를 탕, 치며 달려들었다. 나는 이태양에게 고맙다는 말을 하는 것도 잊은 채 빠르게 다음 장을 넘기기 시작했다.

*

"드디어 기다리고 기다리던 오디션이닷! 드디어 오늘, 우리의 온딘이 결정되는 날이다! 이 선생님은 이렇게 생각한다. 비록 무대에 오르는 온딘은 단 한 명이지만 오늘 온딘 역에 도전한 세 사람 모두 우리의 온딘이라고! 지원자 세 사람 모두 정말 정말 훌륭하다. 사실 이 선생님으로 말할 것 같으면! 용기가 없었다. 대학 시절 내내 연극부로 활동했지만 배우로 나서 본 적은 없었지……."

담임 선생님이 뒷말을 잇지 못하고 교탁을 붙잡고 선채 두 눈을 부릅떴다. 대체 무슨 말을 하려고 저렇게 뜸을 들이는 걸까? 또 어떤 폭탄선언이 이어질지 더럭 겁이 났다. 그도 그럴 것이 담임 선생님이 저렇게 진지해질 때면 늘 언제나 내 상상을 뛰어넘는 말이 나왔기 때문이다.

"왜냐하면…… 그렇다! 나는 찬란했던 스무 살 무렵부터 대머리였기 때문이닷!"

담임 선생님은 정수리에 손을 가져다 대며 말했다. 뒤

이어 담임 선생님의 손이 머리에서 멀어지며 정수리 한가운데 500원짜리 동전만 한 크기의 맨살이 모습을 드러냈다.

"앗! 으악!"

모두 경악하며 비명을 질렀다.

"그렇다! 그 시절에는 이 부분 가발이 없었던 것이다! 만약 부분 가발이 그때에도 있었더라면 나는 과연 배우로 활동했을까? 지난주 바로 이 시간, 온딘 역에 도전한 세 사람을 생각하며 나는 나 자신에게 진지하게 물었다. 그러나 대답은 '아니다'였다. 외모에 심한 콤플렉스를 갖고 있었기 때문이지. 콤플렉스를 극복하지 않고는 앞으로도 무대에 설 엄두조차 내지 못할 거다. 그래서 이 선생님은 결심했다. 이제 나도 이 부분 가발을 벗어던지자고! 내게 용기를 준 세 사람 모두에게 뜨거운 박수를 보내며 첫 지원자를 불러 보겠다! 오~미~애!"

담임 선생님은 정수리에서 떼어 낸 부분 가발을 깃발처럼 흔들며 교실 앞문을 향해 외쳤다. 순간, 드르륵 문이 열리며 미애가 등장했다.

"와우!"

"여신이다!"

"너무 예쁘다!"

"오미애, 최고!"

미애가 발밑까지 길게 흘러내리는 순백의 드레스를 입고 나타났다. 며칠 전 봉화가 웨딩드레스 잡지책에서 오려 와 보여 줬던 드레스와 똑같은 디자인이었다. 가슴 바로 밑에서 허리를 꽉 조여 주는 굵은 벨트는 미애의 가는 허리를 더욱 가늘게 보이게 했고, 팔뚝을 덮은 레이스 소매는 나뭇잎 모양으로 펼쳐지며 미애의 팔을 벚나무 가지처럼 보이게 했다. 미애가 한 걸음 내딛을 때마다 허리 아래에서부터 발끝까지 드레스 자락 주름들이 물결쳤다. 어디선가 산들바람이 불어오는 듯했다. 초록빛 나뭇잎으로 장식한 화관까지 쓴 미애는 여신 그 자체였다.

미애가 칠판 앞에 섰다. 아이들 모두 미애의 미모에 넋을 잃고 말없이 미애만 바라봤다.

입꼬리를 말아 올리며 미애가 입을 열었다.

"맹세를 저 버린 자여! 영원한 사랑의 맹세를 내던져 버린 자여! 생명이 붙어 있는 한, 매일 함께 눈을 뜨고 함께 숨을 쉬겠다던 사랑의 맹세는 어디로 떠나갔는가? 오! 영원한 사랑의 맹세를 저버린 자여! 그대 이제 다시는 나와 함께 아침을 맞이하지 못 하리라! 그대, 이제 매일 밤 잠이 들면 숨쉬는 것을 잊게 되리라!"

도도한 여신, 배신을 용서치 않는 여신, 한 치의 망설임조차 없는 단호한 여신이 저주를 내렸다. 저토록 아름다운 여신을 배반하다니, 로렌스가 받은 저주조차 당연하다고 느껴지게 만들 정도의 미모에 모두 일제히 박수를 쳤다.

"오미애! 오미애! 오미애!"

교실에 미애의 이름이 울려 퍼졌다. 파도처럼 휘몰아치는 함성을 뒤로하고 미애가 자리에 가서 앉을 때까지도 아이들은 미애에게서 눈을 떼지 못했다.

다 끝났어. 미애가 너무 완벽했어.

나는 여신 그 자체인 미애를 지켜보다 앞문으로 눈을 돌렸다. 이제 곧 저 문을 열고 봉화가 등장할 차례다. 의상을 준비하지 못한 나와는 달리 미애와 봉화는 의상을 갈아입기 위해 화장실로 갔고, 담임 선생님의 아이디어에 따라 의상을 차려입고 앞문으로 등장하기로 했다. 며칠 전 봉화는 분명 미애가 입고 나온 드레스와 똑같은 드레스를 준비한다고 했다. 그날 미애는 봉화를 치켜세우며 화관도 꼭 쓰고 오라고 했다. 만약 지금 봉화가 미애와 똑같은 드레스와 똑같은 화관을 쓰고 나타난다면?

으으으, 상상도 하기 싫었다. 봉화는 그 어느 때보다도 더 놀림받을 게 뻔하다. 미애에게 쏟아졌던 감탄과 함성이 봉화에게는 야유와 조롱으로 바뀔 것이다.

"첫번째 지원자 오미애의 연기, 훌륭했다! 브라보! 과연 다음 지원자는 어떤 연기를 보여 줄 것인가? 두구두구두구! 완벽한 여신에게 도전장을 내민 또 다른 온딘을 불러 봅시다! 안봉화, 나와 주세요!"

담임 선생님이 봉화의 이름을 소리 높여 외쳤다.

"랄라랄라, 랄라랄라!"

문이 열리기도 전에 경쾌한 콧노래 소리가 들리며 봉화가 튀어나왔다. 왼손은 꽃바구니를 들고, 오른손은 날갯짓 하듯 하늘로 펄럭이며 사뿐사뿐 칠판 앞으로 춤추듯 날아왔다.

"다람쥐야, 안녕! 내 이름은 온딘! 물의 요정 온딘이란다! 장미꽃아, 안녕! 잘 부탁해. 오늘부터 숲속 오두막에 살게 됐단다."

봉화는 빨간색 원피스에 테두리를 레이스로 장식한 흰색 에이프런을 두르고 있었다. 화관 대신 빨간색 두건으로 장식한 머리 모양도 옷차림과 정말 잘 어울렸다. 미애가 완벽한 여신이었다면 봉화는 귀여운 여자아이 그 자체였다.

봉화는 대체 온딘의 어떤 모습을 연기하려는 걸까?

나는 기대감으로 두 눈을 빛내며 봉화를 주목했다. 옆에 앉은 이태양 역시 의외라는 듯이 눈을 크게 뜨며 의자를 앞으로 바짝 끌어당겼다.

"후와! 사람들은 이렇게 숨을 쉬는구나? 물에서 살 땐 이렇게 크게 숨을 쉬어 본 적이 없어."

봉화가 두 팔을 활짝 벌렸다. 두 눈을 지그시 감고 공기를 들이마셨다. 조금씩 조금씩 봉화의 가슴이 부풀어 올랐다. 숲에서 불어오는 맑은 바람이 봉화의 몸을 채우고 있는 것이 눈에 보이는 듯했다. 그 모습을 지켜보는 나도 덩달아 숲 한가운데 있는 것만 같았다.

"호호호 호호호, 내 정신 좀 봐. 난 오늘부터 인간이잖아? 물속에서 못 해 본 일들이 얼마나 많은데? 인간들이 먹는 음식! 인간들이 입는 옷! 인간들의 축제! 축제? 축제라고? 그래! 내가 지금 이럴 때가 아니지. 예쁜 옷을 입고 축제에 가는 거야! 흥겨운 음악에 맞춰 춤을 추고! 멋진 남자와 입맞춤을? 아이! 몰라, 몰라, 몰라!"

봉화는 꽃바구니를 두 팔로 끌어안은 채 즐거워 못 견디겠다는 듯이 웃어댔다. 그 모습이 너무 행복해 보여서 나도 덩달아 소리 내어 웃고 말았다.

"하하하 하하하!"

여기저기서 즐거운 웃음소리가 터져 나왔다.

봉화는 정말이지 이제 막 인간 세상에 나온 물의 요정이었다. 모든 것이 새롭고 모든 것이 신기하고 모든 것이 마냥 즐겁기만 한 물의 요정. 이제 막 눈을 뜬 아기처럼 호기심과 기대감으로 들뜬 물의 요정 그 자체였다.

봉화가 두리번거리면 우리는 봉화의 시선 끝에 대체 뭐가 있나, 궁금해하며 쳐다봤고, 봉화가 웃으면 같이 웃어댔고, 봉화가 총총총 바삐 뛰어다니면 우리도 덩달아 마음이 급해졌다. 우리는 그렇게 봉화가 우리 앞에 펼쳐 보이는 세계로 빨려 들어갔다.

"오 마이 갓! 저 잘생긴 남자가 바로 로렌스?"

마침내 봉화가 놀라움으로 벌어진 입술을 두 손으로 가리며 로렌스의 이름을 외쳐 부를 때까지도 반 아이들 모두 봉화에게서 시선을 떼지 못했다.

"지금까지 물의 요정 안봉화였습니당!"

봉화가 에이프런 앞으로 두 손을 가지런히 모으고 배꼽 인사를 했다. 순간 내 몸이 뒤로 밀릴 만큼 커다란 함성이 터져 나왔다.

"우와아아!"

"너무 귀엽잖아!"

"최고다!"

"안봉화! 안봉화!"

어느새 자리를 박차고 일어선 아이들이 봉화의 이름을 외치며 기립 박수를 치고 있었다. 봉화는 갑자기 쏟아진 박수 소리에 놀라 얼떨떨해하며 방울방울 눈물이 맺힌 눈으로 나를 쳐다봤다.

'이거 지금 꿈 아니지?'

내게 눈빛으로 묻고 있는 듯했다.

나는 봉화를 향해 엄지를 치켜세웠다.

진심이었다. 내 눈에는 봉화가 그 어느 때보다 멋져 보였다. 그 어떤 배우보다도 훨씬 더 뛰어난 배우 같았다. 봉화와 같은 반이 된 뒤로 봉화가 이렇게 멋져 보인 건 처음이다. 봉화의 눈은 여전히 쌍꺼풀 없이 가로로 길게 쭉 찢어져 있고, 입술 위에서 울퉁불퉁 솟아오른 코는 여전히 뭉툭하고, 봉화의 콤플렉스라는 광대뼈는 변함없이 툭 튀어나와 있지만 그런 것들은 봉화의 온몸에서 뿜어져 나오는 빛에 가려 눈에 띄지도 않는다.

명랑이가 말한 '매력'이 바로 이런 거였을까? 단점 같은 건 눈에 들어오지도 않을 만큼 누군가를 빛나게 만드는 거?

만약 봉화가 오늘도 다른 때처럼 자신에게 전혀 어울리지 않는 드레스를 입고 나와 미애를 흉내낸 말투로 도도한 온딘을 연기했다면 어땠을까? 미애의 미모에 가려 봉화의 연기는 눈길조차 받지 못했을 것이다.

잘 웃고 긍정적이고 매일매일 열심히 살아간다해도 못생긴 사람은 인정받지 못할 거라고? 수많은 장점을 갖고 있어도 못생기면 아무 소용이 없다고? 외모가 전부라고?

말도 안 돼! 나, 대체 무슨 생각을 했던 거야?

우린 모두 저마다의 매력을 갖고 있는 거야!

단점 같은 건 눈에 들어오지도 않을 만큼 나 자신을 빛나게 만드는 매력이 있다고!

그래, 봉화야! 진짜 잘했어!

너만의 온딘을 연기하겠다더니 정말 해냈구나!

멋지다, 안봉화!

나는 다음이 내 차례라는 것도 잊은 채 박수를 쳤다. 손바닥이 아플 만큼 박수를 치고 있는데 어느새 자리에서 일어난 미애가 천천히 두 손을 들어올리더니 봉화를 향해 박수를 치기 시작하는 것이 보였다. 어쩌면 미애 역시 미처 알지 못했던 봉화의 매력에 압도당했는지도 모른다. 어째서인지 그 이유는 알 수 없지만 은근히 봉화를 골탕 먹이며 우쭐해하는 미애조차도 인정하고 박수 칠 수밖에 없게 만든 것, 그게 바로 봉화가 이번 오디션을 준비하며 발견한 자신만의 매력의 힘 아닐까?

"멋지구나, 봉화야! 자, 다들 진정하고, 이제 마지막 지원자를 불러 봅시다! 완벽한 여신의 모습을 보여준 오미애, 이제 막 인간 세상에 나온 물의 요정 그 자체를 연기한 안봉화! 과연 마지막 지원자는 어떤 연기를 보여 줄 것인가? 우리의 마지막 온딘, 윤현정을 무대로 모십니다!"

담임 선생님이 내 이름을 부르자마자 모두 나를 쳐다 봤다.

오 마이 갓!

봉화의 연기는 라이벌도 박수를 치게 할 만큼 끝내주는 연기였다. 그 열기가 아직 식지도 않았는데 내 연기를 본다고?

말도 안 돼!

컥, 숨이 막혔다. 지금이라도 당장 '기권'을 외치고 싶었다. 그러나 내 맘을 전혀 알 리 없는 이태양이 격려하듯 내 등을 툭 치며 속삭였다.

"손으로 입만 가리지 마! 알았지?"

순간, 이태양의 그 한마디에 긴장이 풀렸다.

하마터면 또 잊을 뻔했잖아?

봉화는 광대뼈가 튀어나왔고 내 앞니는 토끼 이빨이야. 그래서 뭐? 외모에 상관없이 나도 나만의 매력이 있다고!

나는 책상 아래에서 주먹을 꼭 쥐며 내 앞의 무대를 바라봤다. 내가 가진 단점 같은 건 눈에 들어오지도 않을 만큼 나를 빛나게 만드는 나만의 매력을 찾기 위한 무대. 그 두근거리는 모험이 나를 손짓해 불렀다.

　그래, 나는 나만의 온딘을 연기하면 돼!

　나는 빨리 나오라며 내 이름을 외쳐대는 아이들을 뒤로 하고 무대로 빠르게 걸어나갔다.